KB016911

다시, 밸런타인데이

다시, 밸런타인데이

정진영 지음

북레시피

차례

I
카르페디엠, 지금 이 순간을 위해

II
캠프파이어의 추억

III
다시, 밸런타인데이

I

카르페디엠,
지금 이 순간을 위해

귀향

지하철 스크린도어와 출입문이 열리자 따뜻하고 건조한 공기가 플랫폼으로 훅 밀려 나왔다. 수연은 헝클어진 머리카락을 쓸어 넘기며 지하철에 올라 빈자리를 찾았다.

가족 한 명 없이 홀로 참석한 대학교 입학식은 밋밋했다. 수연은 입학식에 오겠다는 어머니와 동생을 말린 일을 후회했다. 나름 인생에서 중요한 날을 가족과 함께 사진으로 남기지 못했다는 사실이 뒤늦게 아쉬움으로 다가왔다. 수연은 아쉬움을 털어내려 고개를 흔들었다.

한 아이가 차창 밖을 보며 시끄럽게 떠들었다. 아이에게 곱지 않은 시선이 쏠렸다. 아이의 부모가 표정을 찡그렸다. 지하철이 터널로 빨려 들어가자 아이는 흥미를 잃고 순순히 부모의 손에 이끌려 자리에 바로 앉았다.

오랜만에 돌아온 서울은 여전히 부산했다. 수연은 그 모습을 바라보다가 맞은편 차창으로 시선을 돌렸다. 차창에 수연의 얼굴이 비쳤다. 수연은 자신의 얼굴이 세상을 떠난 아버지와 점점 닮아가고 있다고 느꼈다.

***

5년 전, 가전업체에서 만년 차장으로 일했던 아버지는 끝내 부장으로 승진하지 못했다. 아버지에게 남은 길은 명예퇴직, 아니면 인원이 필요했던 대전 지사 전근이었다. 퇴사 후 마땅한 대안이 없었던 아버지는 후자를 선택했다. 어머니는 자녀 교육을 위해 당분간 주말부부로 살자고 제안했으나, 아버지는 동의하지 않았다.

아버지는 어머니의 제안을 이해하지만, 그보다 중요한 건 가족이 함께 모여 사는 일이라고 강조했다. 아버지와 떨어져 지내고 싶어 하지 않는 동생 수완과 달리 수연은 서울에서 벗어나고 싶지 않다.

서울 바깥으로 나가는 일이 막연히 두렵게 느껴졌던 수연은 아버지에게 여러 차례에 걸쳐 전학 가고 싶지 않다는 뜻을 밝혔지만 소용없었다.

수연은 가족이 모여 앉은 식사 자리에서 아버지에게 참았던 말을 쏟아냈다.

"서울의 교육 여건이 지방보다 훨씬 낫다는 걸 잘 아시잖아요. 제가 외국으로 유학을 보내달라는 것도 아니고, 그냥 서울에 그대로 머무르겠다는데 그게 그렇게 어려워요? 죄송하지만 아빠만 조금 번거로우면 될 일이잖아요!"

아버지는 말이 없었다.
아버지의 눈치를 보던 어머니도 수연의 말을 거들었다.

"수연이 말이 맞지. 우리가 둘을 해외 유학 보내진 못 해도, 서울에 머무는 게 어려운 형편은 아니잖아. 당신만 몇 년 고생해주면 되는데. 조금만 더 생각해보면 안 될까?"

아버지는 숟가락을 놓고 안방으로 들어가며 힘없이 말했다.

"지금처럼 우리 가족이 모두 함께 모여 밥 먹을 날이 앞으로 얼마나 될 거라고 생각해? 몇 년 후에 수연이가 대학 가면 이런 자리도 끝이야. 그다음엔 이런 자리를 갖고 싶어도 가질 수 없어."

수연은 자기 방으로 들어가다가 안방 문이 열린 틈으로 아버지의 뒷모습을 봤다. 아버지는 한숨을 쉬며 창밖을 바라보고 있었다. 그런 아버지의 모습에 수연은 화가 나면서도 한편으로는 속상해 방으로 들어와 베개에 얼굴을 묻고 울었다.

중학교 1학년 겨울방학이 끝나기 전에 수연의 가족은 대전으로 이사했다. 수연은 이사한 집과 가까운 중학교 대신 조금 떨어진 데 새로 문을 연 중학교에 입학했다. 그 학교에는 아버지의 고등학교 동창이 교사로 있었다. 그는 아버지에게 수연을 자신이 근무하는 학교로 보내달라고 간곡히 부탁했다. 신설 학교인 터라 나중에 우수한 학생을 유치하려면 개교 초반에 수연처럼 성적이 좋은 학생이 많이 필요하다는 게 이야기의 요지였다.

수연도 내심 쉽게 성적을 받을 수 있을 것 같아 그 학교로 전학하는 데 찬성했다.

수연은 2학년 1학기부터 새로운 학교생활을 시작했다. 수연이 전학 온 학교의 학생 대부분은 학교와 가까운 데 있는 새 아파트 단지에서 통학했다. 신설 학교인 데다 외지 출신이 대부분이어서 함께 1년을 보냈어도 학생들은 같은 반 친구들 외에는 서로를 잘 알지 못했다. 덕분에 1년 늦게 합류한 수연도 자연스럽게 학교에 스며들 수 있었다.

　새로운 학교에서도 우수한 성적으로 내내 주목을 받던 수연은 중학교 졸업 후 지역 내 명문 외국어고등학교로 진학했다. 좋은 학교에 진학했다는 칭찬과 더 열심히 하라는 격려가 이어졌지만, 수연은 좀처럼 학교에 정을 붙이지 못했다. 수연은 아버지의 근무지가 다시 서울로 바뀌면 자신도 다시 서울로 올라가게 될 것이라고 기대했다. 하지만 그런 일은 일어나지 않았다.

　기대가 깨지자 수연의 마음속에 아버지를 향한 미움이 점점 쌓여갔다. 수연은 공부를 핑계로 가능한 한 가족과 함께하는 자리를 피했고, 어쩔 수 없이 그런 자리가 마련되더라도 아버지와 말을 섞지 않았다.

　아버지와의 이별은 갑작스럽게 찾아왔다.

벚꽃이 떨어지던 2년 전 4월 말 오후, 수업 중 갑자기 교실 스피커를 통해 수연을 찾는 교무실의 호출이 울렸다. 반 친구들의 시선이 수연에게 집중됐다. 민망해진 수연은 고개를 숙인 채 교실에서 종종걸음으로 빠져나와 교무실로 향했다.

"수연아, 진정하고 잘 들어. 조금 전에 네 어머니 전화를 받았다. 아버지께서 근무 중에 쓰러져 지금 대학병원 응급실로 실려 가셨다더라."

수연은 담임선생님의 말에 정신이 아득해졌다. 아침에 별 탈 없이 출근했던 아버지가 갑자기 쓰러지다니. 평소 잔병치레도 잘 하지 않는 아버지가 갑자기 쓰러졌다는 말이 수연은 믿기지 않았다. 담임선생님은 수연의 어깨를 토닥이며 안심시켰다.

"어머니 말씀으로는 과로 때문이라니까 너무 걱정하지 않아도 될 거다. 며칠 푹 쉬면 나아지실 거다. 일단 오늘은 조퇴하고 얼른 병원으로 가봐라."

수연은 담임선생님의 말을 들으며 안도했다.

마음이 진정되자 수연은 코앞으로 다가온 중간고사가 떠올라 선생님에게 수업을 마치고 가겠다고 말했다. 선생님은 말없이 고개를 끄덕였다. 수연은 불안한 마음을 접고 교실로 다시 돌아왔다. 그날따라 유난히 수업에 집중이 잘됐다. 수업이 끝나자 갑자기 그동안 억지로 외웠던 수학 공식이 이해됐다. 마치 공부의 신이 들러붙기라도 한 듯한 느낌이었다.

수업을 모두 마치고서 수연은 병원이 아닌 자습실로 향했다. 복도에서 마주친 담임선생님이 걱정스러운 목소리로 빨리 병원으로 가보라고 재촉했지만, 수연은 한 귀로 듣고 흘려 넘겼다. 자습실에서 무심코 시간을 확인하기 위해 휴대폰을 들여다보기 전까진 말이다.

습관적으로 무음으로 설정해놓은 휴대폰에는 부재중 전화 기록이 스무 통 넘게 찍혀 있었다. 모두 어머니와 수완의 전화였다. 문자도 여러 통 와 있었다. 아버지가 위독하다는 내용이었다.

수연은 급히 자습실에서 뛰어나와 어머니에게 전화를 걸었다. 전화를 받자마자 어머니가 다급하게 소리쳤다.

"왜 지금까지 전화를 안 받아! 너 지금 어디야!"

"엄마, 아빠가 위독하다니 그게 무슨 소리야?"

"설명할 겨를 없으니 빨리 병원으로 와! 얼른!"

전화를 끊고 수연은 갑작스러운 상황의 반전에 당황했다. 자습실에서 황급히 가방을 챙겨 나와 택시를 잡아타고 병원에 도착한 수연은 안내데스크 직원에게 응급실 위치를 물었다. 직원이 사무적인 목소리로 안내했다. 응급실은 지하 1층에 있었다. 수연은 계단으로 뛰었다.

응급실로 이어지는 계단과 복도의 조명은 희미했다.

희미한 조명은 수연의 마음을 더욱 불안하게 만들었다.

응급실 앞에 도착한 수연은 몇 차례 심호흡을 한 뒤 출입구 손잡이를 천천히 잡아당겼다. 문이 열리며 날카로운 쇳소리를 냈다.

응급실 내부 조명이 지나치게 밝았다. 조명을 견디지 못한 수연은 반사적으로 눈을 가렸다. 잠시 후 조명에 익숙해지자 급박한 응급실 상황이 눈에 들어왔다. 어머니와 수완이 응급실 입구와 가까운 병상에서 오열하고 있었다.

수연은 두려운 마음을 안고 천천히 병상 쪽으로 걸었다.

아버지가 창백한 낯빛으로 병상에 누워 있었다.

심전도계가 평행선을 그었다.

심폐소생술을 하던 의사는 심전도계를 보고 고개를 저으며 소매로 땀을 닦았다. 의사는 어머니와 수완에게 침착한 목소리로 사망선고를 했다. 어머니와 수완은 서로를 끌어안으며 바닥에 주저앉았다.

다리에 힘이 풀린 수연도 무너지듯 바닥에 주저앉고 말았다. 몸을 일으켜 아버지의 모습을 확인하려 했지만 몇 걸음 걷지 못하고 다시 바닥에 쓰러졌다.

뺨에 닿은 응급실 바닥이 차가웠다.

수완이 달려오는 모습이 흐릿하게 보였다.

수연은 정신을 잃었다.

아버지의 사인은 급성심근경색이었다. 병원에서는 과로와 극심한 스트레스를 심근경색의 원인으로 판단했다. 회사에서 밀려난 아버지는 더 뒤처져선 안 된다는 각오로 야근과 휴일 근무를 밥 먹듯이 했던 것이다.

당시 사회적으로 과로사가 크게 문제되는 분위기였던 터라, 일이 커지는 사태를 원하지 않았기에 회사 측은 발 빠르게 과도한 업무로 인한 스트레스를 사망 원인으로 인정하고 수연의 가족에게 거액의 위로금을 제시했다. 아버지가 가족 몰래 들어놓은 보험금도 상당했다. 집안 경제 사정은 오히려 아버지 생전보다 나아졌다. 하지만 거액의 위로금과 보험금은 남은 가족에게 별로 위로가 되지 못했다. 아버지의 죽음으로 생긴 돈을 쓰는 일이 마치 아버지의 목숨을 갉아먹는 일처럼 느껴졌기 때문이다.

어쩌면 아버지는 자신의 미래를 예감했던 게 아닐까. 얼마 남지 않은 시간을 가족과 더 많이 보내고 싶었던 게 아니었을까. 수연은 가족과 함께 이사하기를 고집했던 아버지의 모습을 떠올리며 그런 의문에 사로잡혔다. 아버지를 향해 쌓아왔던 원망은 수연에게 화살이 돼 돌아왔다.

아픔과 후회를 이길 방법은 공부에 집중하는 일뿐이었다. 수연은 대학 진학을 핑계로 대전에서 벗어나 하루빨리 서울로 올라와야만 마음의 평화를 찾을 수 있을 것 같았다. 원하는 과에 입학하진 못 했지만 서울로 다시 돌아왔다는 사실 하나만으로도 숨통이 트였다.

***

열차가 터널을 빠져나오자 햇살이 객실 내로 쏟아져 들어왔다. 객실에서 떠들다 잠든 아이가 몸을 뒤척였다. 아이는 옆에 앉아 있는 아버지의 품속으로 고개를 파묻으며 칭얼댔다. 아버지는 아이의 등을 쓰다듬으며 미소 지었다.

아름답구나.
수연의 눈시울이 붉어졌다.

수연은 코트 소매로 눈물을 훔치며 다짐했다. 앞으로 소중한 것을 놓치고 후회하는 일은 만들지 않겠다고.

Book OST「꼬마를 기다리며」
(이 소설의 테마곡이다)

재회

입학식 다음 날, 수연은 평소보다 이른 새벽 6시 무렵 잠에서 깨어났다. 잠자리가 바뀌면 쉽게 잠들지 못하는 수연은 얼마 전에 이사 온 집이 여전히 낯설어 깊이 잠들지 못했다. 수연은 조금 더 눈을 붙이려다 단념하고 욕실로 향했다.

수연의 가족은 수연이 대학에 입학하기 한 달 전 서울 중심부와 많이 떨어진 변두리의 낡은 아파트로 이사했다. 수연은 자취를 원했으나 어머니는 반대했다. 고등학교 2학년 진학을 앞둔 수완이 전학해야 한다는 문제가 있었지만 낙천적인 성격의 수완은 이사에 별다른 불만을 제기하지 않았다.

어머니 또한 아버지를 갑작스럽게 떠나보낸 곳에서 더 살고 싶지 않은 눈치였다. 어머니는 이미 오래전에 수연이 서울로 대학 진학을 하면 바로 서울로 집을 옮기겠다는 결심을 한 모양이었다. 문제는 집값이었다. 서울의 집값은 몇 년 전 대전으로 내려왔을 때와 비교해 천정부지로 뛰어올라 있었다. 대전에 있는 아파트 전세금에 아버지의 사망보험금과 위로금을 합쳐도 과거에 살았던 단독주택과 비슷한 넓이의 집을 마련하기엔 역부족이었다. 그사이 늘어난 살림 때문에 집을 좁힐 수도 없어 변두리 외엔 선택의 여지가 없었다.

욕실에서 나온 수연은 가방에 필기도구를 챙긴 뒤 조용히 현관문을 열었다. 겨울과 봄의 문턱에 걸린 새벽 공기는 무겁고 서늘해 숨 쉴 때마다 졸음을 밀어냈다. 어둠이 채 걷히지 않았는데도 거리에는 바쁘게 오가는 사람들이 많았다. 수연은 거리의 활기가 마음에 들었다.

휴대폰을 꺼내 시간을 확인했다. 오전 6시 30분. 첫 수업 시간까지는 두 시간 반이 남았다. 수연은 옷깃을 여미며 지하철역을 향해 걸었다. 아직 이른 시간이라 지하철 안에 빈 자리가 많았다. 수연은 출입문 바로 옆 빈자리에 앉았다.

열차 내부의 따뜻한 공기가 조금 전 새벽 공기로 밀려났던 졸음을 다시 불러왔다. 눈꺼풀의 무게를 견디지 못한 수연은 좌석 옆 기둥에 머리를 기댄 채 눈을 감았다. 그리고 곧 잠에 빠져들었다.

꿈을 꿨다. 꿈속에서 수연은 운동장 한가운데에 서 있었다. 낮익은 건물이 눈에 들어왔다. 수연이 졸업한 초등학교 본관 건물이었다. 아이들은 교실을 향해 달렸다. 수연도 아이들을 따라 달렸다. 수연은 꿈속에서 6학년 학생이었다. 오징어를 닮은 외계인 선생님이 여러 개의 발에 분필을 집은 채 칠판을 정리하고 있었다.

외계인 선생님이 알아들을 수 없는 말로 질문하자 모두 그 질문을 잘 알아들었는지 아이들은 앞다퉈 손을 들고 답했다. 수연은 모든 게 신기했지만 이상하게 느껴지진 않았다. 수업이 끝나자 외계인 선생님은 갑자기 연기가 되어 사라졌다.

쉬는 시간에 수연은 창문을 열어 바깥을 바라봤다.
온갖 색깔의 꽃들이 피어난 화단이 보였다.
한 남자아이가 혼자 화단에 물을 주고 있었다.

수연은 그 아이의 얼굴을 살펴보려 창밖으로 얼굴을 내밀었다. 그때 누군가가 어깨를 두드리며 수연의 이름을 불렀다. 뒤돌아보자 통통한 얼굴의 남자아이가 웃고 있었다.

갑자기 주위가 온통 암흑에 잠겼다. 놀라서 어쩔 줄 모르는 수연의 눈앞에 빛이 희미하게 반짝였다.

수연은 빛을 따라 앞으로 나아갔다. 빛은 점점 커졌고, 다가오는 빛을 견디지 못한 수연이 손으로 눈을 가렸다. 천천히 눈을 뜨자 자신의 어깨를 톡톡 치며 잠을 깨우는 누군가가 보였다.

"김수연, 곧 한국대역이야. 일어나."

수연은 눈을 비비며 자신을 깨운 사람의 얼굴을 확인했다. 조금 전 꿈에서 봤던 통통한 남자아이의 얼굴과 닮은 또래 남자가 장난기 어린 표정을 짓고 있었다.

"누구……."
"오랜만이네. 초등학교 졸업 후 처음 보는 거지? 나 성대야. 홍성대. 반갑다."

수연은 조금 전 꿈에서 본 초등학교 동창이 눈앞에 서 있는 상황이 놀라웠다. 성대는 방금 열차가 정차한 역의 이름을 확인하기 위해 차창 밖을 바라보며 말했다.

"이제 한국대역까지 한 정거장 남았다. 너도 사회학과에 입학했지?"

"어떻게 알았어?"

"어제 입학식에서 봤어. 같은 대학에서 만난 것도 신기한데 같은 과일 줄은 또 몰랐네. 가방 챙겨."

20여 분 전 성대는 객실에서 졸고 있는 수연을 발견했다. 성대는 수연을 내려다보며 3월임에도 봄기운을 전혀 느낄 수 없었던 어제의 입학식을 생각했다. 이상저온 현상이 며칠간 계속된 데 이어 한겨울에도 내리지 않던 폭설이 뒤늦게 쏟아졌다. 전국 곳곳에서 대형 교통사고가 발생했다. 거리는 한산했고, 수시로 강풍이 휘몰아치면서 상점 앞 입간판을 쓰러뜨렸다.

강추위 속에서도 입학식이 열리는 한국대학교 대강당 앞은 신입생과 학부모들로 북적거렸다. 여기저기서 카메라 플래시가 터지는 가운데 성대는 대균과 함께 쭈뼛거리며 대강당 앞을 서성거렸다.

공교롭게도 유명 수학 교재 저자와 이름이 같았던 성대는 수학 성적이 형편없었고, 유명 토익 강사와 이름이 같았던 대균은 영어 성적이 시원치 않았다. 3년 내내 각기 다른 반이었지만 이름값을 못 하기로는 마찬가지였던 이 둘은 같은 밴드 동아리에서 깊게 활동한 터라 친분이 남달랐다.

마르고 키가 큰 대균과 통통하고 키가 작은 성대가 붙어 다니는 모습은 학교에서 다른 친구들에게 자주 놀림감이 됐지만 둘은 신경 쓰지 않았다.

고등학교 졸업 후 밴드를 결성해 홍대 인디 신을 정복하자던 둘의 약속은 공부나 열심히 하라는 부모님의 잔소리 앞에서 흐지부지됐다. 인디 신에서 진짜 잘나가는 뮤지션들을 살펴보면 실용음악과 출신들보다 장기하처럼 공부를 잘했던 녀석들이 더 많다는 동아리 선배의 말도 무시할 수 없었다.

차선책으로 둘은 같은 대학에 진학해 밴드 동아리를 들자고 약속하며 한국대 수시 모집에 나란히 지원했다. 그러고 나서 성대는 사회학과, 대균은 화학과에 합격해 어차피 취업에는 살짝 애매한 과이니 음악으로 승부를 보자고 의기투합한 상태였다.

두 사람 다 마찬가지로 부모님은 맞벌이로 바빠서 입학식에 참석하지 못했다. 대균은 부모님과 함께 입학식장을 찾은 신입생들의 모습을 보고 괜히 심술이 나 성대에게 투덜거렸다.

　"입학식이 몇 시냐? 너무 추워서 손에 감각이 하나도 없다. 이 추위 실화냐."

　"너는 손이 없냐 발이 없냐, 이 강아지야? 아, 내가 깜빡했다. 네 손은 족발이라 물건을 들 수 없지. 미안하다."

　"지랄하지 말고. 몇 시야?"

　"오전 10시라는데? 추운데 뭐 하러 여기서 기다려. 얼른 들어가자."

　대강당 안으로 들어가려던 성대의 왼쪽 어깨 위로 무언가가 떨어졌다. 성대는 손으로 이물감이 느껴지는 부분을 확인하며 기겁했다. 새똥이었다.

　성대가 하늘을 올려다보았다.

　비둘기들이 떼 지어 날아가고 있었다.

　뒤따라오던 대균이 그 모습을 보고 폭소를 터뜨렸다.

　"와! 새똥! 새도 네가 짐승인 걸 알아본다, 돼지야!"

새똥이란 말에 성대 주위에 있던 사람들이 빠르게 흩어졌다. 한숨을 푹 쉬던 성대가 대균에게 달려들며 새똥이 묻은 손을 들이대자 대균은 성대를 피해 달아나다가 덜 녹은 빙판 위에서 미끄러졌다. 성대는 씩 웃으며 새똥이 묻은 손으로 대균의 손을 붙잡아 몸을 일으켜줬다. 대균의 표정이 구겨졌다. 둘은 손바닥에 묻은 새똥 냄새를 맡으며 나란히 헛구역질했다. 표정을 있는 대로 일그러뜨리며 화장실을 찾던 성대가 갑자기 발걸음을 멈췄다.

"어디서 많이 본 여자애인데, 기억이 가물가물하네."

대균이 새똥 묻은 손을 성대의 어깨에 슬며시 올리며 목소리를 깔았다.

"네가 아는 여자가 네 엄마 말고 누가 있냐. 쓸데없는 소리 말고 화장실에나 가자."

성대가 대균의 손에서 나는 새똥 냄새를 맡고 짜증을 내려는 찰나, 입학식이 곧 시작된다는 안내 방송이 들렸다. 둘은 화장실로 정신없이 뛰었다. 화장실에서 어깨에 묻은 새똥을 대충 씻어낸 성대는 손에 남은 물기를 털어내다가 대균의 등에 슬쩍 닦았다.

대균은 물 묻은 손을 성대의 엉덩이에 비볐다. 둘은 티격 태격하며 강당으로 들어와 빈자리를 찾았다. 자리는 과별로 다른 구역에 마련돼 있었다. 성대와 대균은 입학식이 끝난 뒤 다시 만나기로 하고 서로 다른 구역으로 자리를 옮겼다.

자리에 앉은 성대는 주위를 둘러보며 신입생들의 얼굴을 살폈다. 남자 신입생이 여자 신입생보다 많이 보였고, 입시 때 쌓인 스트레스를 아직도 털어내지 못했는지 낯빛이 칙칙한 신입생도 더러 보였다. 성대는 그들의 낯빛을 보며 노량진에서 공무원 시험 준비 중인 사촌 형을 떠올렸다. 스펙을 쌓기 위해 여러 차례 휴학하며 취업을 준비하던 사촌 형은 끝내 원하는 대기업에 들어가는 데 실패했다. 취업에 다소 불리한 사회학 전공을 경영학 복수 전공으로 만회하려 했지만 소용없었다. 졸업 후 공무원 시험으로 진로를 바꾼 형은 3년째 노량진 고시촌에 처박혀 있지만 아직 좋은 소식은 들려오지 않고 있다. 오랫동안 빨지 않은 무릎 늘어난 트레이닝복 차림과 떡 진 머리, 몇 달 전 노량진 고시촌에서 만난 사촌 형의 모습은 이른바 장수생의 전형이었다. 그때 사촌 형이 한심하다고 여겼는데 공교롭게도 그 형과 같은 전공으로 대학에 입학하게 된 성대는 강당의 좌석이 가시방석처럼 느껴졌다. 신입생 입학을 환영하는 총장의 인사말이 귀에 들어오지 않았다.

마음이 추워지자 몸도 으슬으슬해졌다. 좌석이 딱딱해 몸을 뒤척이는데 조금 전 강당 바깥에서 봤던 여학생이 눈에 들어왔다. 성대는 가만히 기억을 더듬다가 자신도 모르게 손뼉을 쳤다. 성대와 초등학교 6학년 때 같은 반이었던 김수연이었다. 소리가 지나치게 컸던 탓에 주변의 시선이 쏠렸다. 민망해진 성대는 머리를 긁적였다.

어린 시절 성대는 반에서 꽤 인기가 좋은 편이었다. 키가 크거나 잘생기진 않았지만 낙천적인 성격에 유머 감각도 풍부해 주위에 항상 친구들이 많았다. 게다가 1학년 때부터 5학년 때까지 단 한 번도 1등을 놓친 일이 없었다. 두루두루 원만한 성격에 우수한 학업 성적까지 보태지다 보니 성대는 아이들 사이에서 자연스럽게 선망의 대상이 되었다. 동네에서 공부 좀 한답시고 나름 콧대를 세웠던 성대는 세상에서 자신이 제일 잘난 줄 알았고 앞으로도 계속 그럴 줄 알았다. 6학년이 되어 같은 반에서 수연을 만나기 전까진 말이다.

수연은 당시 인기를 끌던 아역배우를 닮아 학교에서 유명한 아이였다. 남자아이들은 수연에게 어떻게든 관심을 끌어보려 애를 썼다. 남자아이들의 관심이 수연에게만 쏠리니 여자아이들의 입에서도 좋은 소리가 나올 리 없었다.

하지만 여자아이들은 수연에게 대놓고 언짢은 티를 내지 못했다. 수연 또한 5학년 때까지 반에서 1등을 도맡아 하던 아이였기 때문이다. 학교에서 외모보다 강한 권력은 성적이었다. 성대는 그런 수연이 매우 신경 쓰였다. 자기 말고 다른 아이가 1등을 차지할 거라고는 상상도 못 해봤는데 그 일은 머지않아 현실이 됐다. 성대는 6학년 내내 단 한 번도 수연을 이기지 못했다. 심지어 전교 2등을 차지하고도 수연에게 밀려 반에서 2등에 머무른 일도 있었다. 성대는 졸업 때까지 1점 차이든 한 문제 차이든 수연의 벽을 넘지 못했다. 틈만 나면 책상에 앉아 책을 읽고 있는 수연의 모습은 성대에게 늘 긴장감을 줬다. 겉으로는 아무렇지 않은 척했지만 성대는 1년 내내 수연을 질투했다. 그때 자신의 모습을 떠올리자 성대는 웃음이 나왔다.

초등학교 졸업 후 성대와 수연의 인연은 끊어졌다. 성대가 건너들은 소식은 수연이 인근 여자 중학교에 진학한 뒤 얼마 지나지 않아 대전으로 전학을 갔다는 게 전부였다.

갑작스러웠지만 수연도 성대가 내심 반가웠다. 고등학교 친구 몇 명이 같은 대학에 입학했지만 서로 전공이 달라 따로 연락해 만나기도 쉽지 않은 터였기 때문이다. 열차에서 내린 성대는 주위를 둘러보며 누군가를 찾았다.

"누굴 찾아?"

"고등학교 친구 녀석하고 같은 열차에 탔는데 빈자리가 보이자마자 의리 없게 혼자 앉아서 졸더라. 나는 네가 보여서 자리를 옮겼고. 어라? 푸핫!"

성대는 낄낄거리며 출발하는 열차를 가리켰다. 대균이 열차 안에서 다급한 표정으로 성대를 바라보며 손을 흔들고 있었다. 열차는 빠른 속도로 역을 떠났다. 수연은 그 모습을 보며 피식 웃었다.

"네 친구?"

"의리 없이 혼자 자리에 앉더니 꼴좋다."

"기다려야 하는 것 아냐?"

"저 녀석은 자연대라서 어차피 우리와 가는 길이 달라. 알아서 오겠지. 애도 아니고. 신경 쓰지 말고 가자."

성대의 발걸음은 몸집에 어울리지 않게 날렵했다. 수연이 뒤처지자 걸음을 멈춘 성대가 미안하다는 표정을 지으며 머리를 긁적였다.

"미안. 몸집과 다르게 내가 걸음이 좀 빨라서."

성대는 수연과 보폭을 맞췄다. 역에서 사회과학대학 건물까지 거리는 멀지 않았지만 오르막과 계단이 많아 성대는 가쁜 숨을 내쉬었다.

"수업만 꼬박꼬박 들어도 자동으로 살이 빠지겠다! 무슨 계단과 오르막이 이렇게 많아. 너는 괜찮아?"

"이 정도면 걸을 만하지 않아?"

"예나 지금이나 너는 강력하구나. 헉헉!"

"내가 강력하다고?"

"나중에 얘기하자. 일단 밥부터! 아직 아침 안 먹었지? 학생식당에서 아침 식사도 나오나 보더라. 아직 시간 많으니까 아침 먹고 수강신청하러 가자. 식당 위치는 이미 파악해뒀으니 따라와."

학생식당으로 향하는 성대의 발걸음이 다시 빨라졌다. 평소에 아침을 잘 먹지도 않으면서 수연은 아침 식사라는 말을 듣자 왠지 모르게 허기가 졌다. 성대가 걸음을 멈추며 수연에게 물었다.

"우리 말고 같은 과에 초등학교 동창이 하나 더 있는 거 알아?"

"정말? 누구?"

성대는 수연에게 보폭을 맞추며 말했다.

"박대혁. 기억나? 우리와 같은 반이었잖아?"
"박대혁? 글쎄 잘 모르겠는데."
"워낙 존재감이 없던 녀석이라 나도 겨우 기억해냈어. 얼굴 보면 기억날 거야."

성대는 입학식 날 수연의 뒷줄에서 낯익은 남학생을 발견했다. 누구더라…… 기억을 더듬던 성대는 또다시 자신도 모르게 손뼉을 쳤다. 조금 전보다 소리가 더 컸고, 성대에게 더 많은 시선이 쏠렸다. 성대는 시선을 피해 고개를 숙이며 그 남학생의 이름을 기억해냈다.

박대혁. 그 또한 초등학교 6학년 때 성대와 같은 반이었다. 같은 반이었던 초등학교 동창 둘과 같은 대학 같은 과에서 만나게 되다니. 성대는 우연치고는 재미있는 일이라고 생각했다. 성대의 기억 속에 대혁은 존재감이 별로 없으면서도 좀 특이한 아이였다. 평소 소극적이었지만 대혁은 교실 건물 뒤편의 화단에 물을 주는 일만큼은 도맡아 하곤 했다. 다소 귀찮은 일을 대혁이 나서서 하겠다니 선생님도 굳이 말리지 않았다.

성대가 대혁과 대화다운 대화를 나눈 일은 단 한 번뿐이었다. 6학년 여름방학 때의 일이다. 성대는 오랜만에 친구들과 학교 운동장에서 만나 축구 시합을 벌였다. 시합을 마치고 학교 본관 뒤 수돗가로 달려온 성대는 화단에 물을 주고 있던 대혁을 발견했다. 대혁은 분무기로 화단에 골고루 물을 뿌린 뒤 쪼그려 앉아 꽃들을 바라보고 있었다. 성대는 호기심을 느끼며 대혁에게 다가갔지만, 대혁은 성대가 다가오는 걸 눈치채지 못했다. 성대는 그냥 돌아갈까 잠시 고민했지만 호기심을 이기지 못했다.

"방학인데 여기서 뭐 하는 거냐?"

대혁은 갑작스러운 성대의 출현에 놀랐지만 이내 화단으로 다시 시선을 돌렸다. 성대는 별다른 반응을 보이지 않는 대혁의 태도에 감정이 상했다.

"난 애국자라 무궁화밖에 아는 꽃이 없으니 잘 먹고 잘 살아라!"

"패랭이꽃."

대혁이 자리에서 일어나 화단에 핀 꽃을 가리키며 말했다. 돌아서서 운동장으로 향하던 성대는 발걸음을 멈췄다.

"패랭이꽃은 마른 곳에서도 잘 자라는 편인데 요즘엔 비도 오지 않고 날씨도 너무 더워서."

대혁은 패랭이꽃이 말라죽을까 봐 걱정돼 화단을 찾았다고 말했다. 성대는 조금 전 대혁에게 짜증을 부린 것이 민망해 일부러 화단 푯말에 적힌 글을 소리 내 읽었다. 오래된 푯말의 글은 흐릿해 읽기 쉽지 않았다.

"쌍떡잎식물 중심자목 석죽과의 여러해살이풀…… 분류는 석죽과…… 분포지역은 한국과 중국…… 자생지는 낮은 지대의 건조한 곳, 냇가 모래땅…… 꽃말은 너무 흐릿해서 안 보인다. 너는 패랭이꽃의 꽃말이 뭔지 아냐?"

대혁은 미소만 지은 채 아무런 말도 하지 않았다.
무안해진 성대는 대혁에게 짜증을 냈다.

"잘났다! 말하기 싫으면 말하기 싫다고 하든가! 아무튼, 너도 남은 방학 잘 보내라. 방학 끝나면 보자."

수연과의 재회만큼이나 대혁과의 재회도 놀라웠다. 대혁과 가까운 사이는 아니었지만 캠퍼스에서 다시 만나 인연을 맺게 됐다는 사실에 성대는 반가움이 앞섰다.

성대는 대혁에 관한 희미한 기억을 끌어모았다. 하지만 맨 뒷자리에 조용히 앉아 바깥을 바라보는 모습이 기억의 전부였다. 그만큼 성대에게 대혁의 존재감은 희미했다. 가끔 모이는 반창회에서 전학 소식 정도는 들렸던 수연과 달리 대혁에 관한 소식은 전무했다. 대혁은 반에서 딱히 친하게 지내는 친구가 없었다. 대혁에게 관심을 보이는 친구도 없었다. 고등학교에서 공부를 꽤 열심히 했나 보네. 성대는 어린 시절 신경조차 쓰이지 않았던 대혁이 자신과 같은 대학교에 진학했다는 사실에 묘한 감정을 느꼈다.

성대와 식당으로 향하던 수연이 건너편 인도를 바라봤다. 수연의 시선이 멈춘 곳에 머리카락을 분홍색으로 물들인 여학생이 서 있었다. 그녀와 눈이 마주쳤다. 그녀가 환하게 웃으며 수연에게 다가왔다. 수연의 얼굴에 미소가 번졌다.

"김수연! 너도 이 학교에 입학한 거야? 반가워! 이게 몇 년 만이야!"
"박정희! 머리카락 때문에 못 알아볼 뻔했어. 진짜 얼마 만이니?"

둘은 손을 맞잡으며 반가움을 감추지 못했다. 어리둥절한 표정을 짓고 있던 성대에게 수연이 정희를 소개했다.

"중학교 동창 정희야. 여기서 이렇게 만나게 될 줄은 몰랐네."

성대는 쭈뼛거리며 정희에게 인사했다.

"아! 저는 수연이의 초등학교 동창인 홍성대라고 해요. 수연이와 같은 사회학과예요. 반가워요."

정희는 성대에게 오른손을 내밀며 악수를 청했다.
성대도 얼떨결에 정희의 손을 붙잡았다.

"반가워요. 저는 국어국문학과예요."

정희의 손은 따뜻했다. 성대의 얼굴이 붉어졌다.
정희가 손가락으로 하늘을 가리켰다.

"나비다!"

어디선가 날아온 나비 한 마리가 세 사람의 머리 위를 가로지르며 날갯짓을 했다. 세 사람의 시선이 나비를 한참 동안 쫓았다. 나비가 시야에서 사라진 뒤에도 세 사람은 발걸음을 떼지 못했다.

전환

"언니, 대학교 생활과 고등학교 생활의 가장 큰 차이가 무엇인 것 같아?"

"가장 큰 차이라면 자율성과 인간관계가 아닌가 싶은데."

"그래? 구체적으로 어떻게?"

수연은 오랜만에 만난 사촌 언니 세연과 함께 다과를 먹으며 시간 가는 줄 모르고 수다를 떨었다. 수연은 자신보다 다섯 살 많은 세연을 어린 시절부터 유난히 잘 따랐다. 남동생밖에 없는 맏딸인 세연 역시 자신처럼 맏딸인 수연을 친여동생처럼 여기며 허물없이 대해왔다.

얼마 전 졸업 후 대기업 취업에 성공한 세연은 이제 막 대학에 들어간 수연을 보며 자신의 신입생 시절을 떠올렸다. 세연은 호기심 가득한 수연의 눈을 바라보며 미소 지었다.

"무엇을 해야 한다고 말해주는 사람이 없다는 게 장점이자 단점이지. 무엇을 해야 할지 몰라 1학년을 방황하며 보내는 신입생도 많아. 요즘은 취업이 쉽지 않으니 1학년 때부터 취업 준비에 나서는 신입생도 많긴 하지만. 너는 알아서 잘할 테니 걱정 안 해. 그런데 인간관계는 내 의지대로 돌아가지 않거든. 나는 그게 꽤 스트레스였어."

"언니는 성격도 좋은데 뭐가 문제였어?"

"비유하자면 마치 모래알 같아. 서로 모여 있지만 흩어지기도 쉬운? 이건 네가 경험해야 이해할 수 있는 부분이야. 시간이 지나면 알고 싶지 않아도 자연스럽게 알게 될 거야."

"알 것 같기도 하고. 고등학교 시절보다 끈끈한 관계를 맺기 어렵다는 이야기로 들리는데?"

세연은 기특하다는 듯 수연의 머리를 쓰다듬으며 웃어 보였다.

"역시 수연이는 핵심을 금방 파악하네. 정확하진 않지만 비슷해. 끈끈한 관계를 원한다면 동아리 활동도 좋은 방법이야.

돌이켜보니 나도 졸업 후 주위에 몇몇 동기와 동아리 사람들만 남더라."

"언니는 무슨 동아리 활동을 했었어?"

"나는 영어 회화 동아리 활동을 했었어. 학업에 도움이 되지 않는다는 이유로 동아리 활동에 관심 없는 신입생이 많은데 나는 동아리 활동이 취업에 많은 도움을 줬어. 동아리에서 영어 실력을 쌓을 수 있었고, 내가 입사한 회사에 같은 동아리 출신 선배들이 꽤 많았거든. 선배들이 취업을 위해 준비해야 할 게 무엇인지 많이 알려줘서 큰 도움이 됐어."

"그렇구나. 그런데 솔직히 사회학과가 취업에 유리한 과는 아니잖아. 그냥 1학년 때부터 취업 준비를 열심히 하는 게 낫지 않을까?"

"회사에서 입사 동기들의 이야기를 들어보면 저학년 때 즐거운 추억을 쌓지 못해 후회하는 경우가 많았어. 앞으로 다시는 그 시절만큼의 여유 시간을 가지기 어려우니까. 나도 각오는 했는데 직장생활은 매일 긴장의 연속이더라. 앞으로 최소한 수십 년 동안 이런 긴장을 느끼며 살아야 한다고 생각하면 기분이 암담해질 때도 있어. 1학년 정말 짧다. 그 시간 동안 네가 좋은 추억을 많이 만들었으면 좋겠어. 나도 1학년 때 동아리 활동에서 경험한 일들이 지금까지 가장 즐거운 추억으로 남아 있거든. 앞으로 스무 살 때만큼 즐거웠던 날이 다시 있을까 싶어."

그날 밤 수연은 많은 생각에 잠겨 쉽게 잠들지 못했다. 수연은 한참 동안 침대 위에서 뒤척이다가 일어나 책상 앞으로 다가갔다. 그리고 고민 끝에 가방에서 토익 수험서를 꺼냈다. 가벼워진 가방을 멘 채 방 안을 이리저리 서성이던 수연은 가벼워진 가방만큼 마음이 가뿐해진 기분을 느꼈다.

다음 날 아침, 성대가 지하철역에서 자신보다 앞서 빠져나가던 수연을 발견하고 불러 세웠다. 수연이 뒤돌아보자 성대가 대균과 함께 손을 흔들며 다가오고 있었다. 어제 지하철에서 졸다가 역에서 내리지 못한 채 다급한 표정으로 성대를 바라보던 대균의 모습이 떠올라 수연은 자신도 모르게 웃었다. 성대가 수연에게 대균을 소개했다.

"수연아, 이 친구는 어제 잠깐 봤지? 졸다가 열차에서 내리지 못한…… 헉!"

대균은 성대의 뒤통수를 한 대 치며 수연에게 인사를 건넸다.

"처음 뵙겠습니다. 아! 처음이라고 하면 안 되겠구나. 성대와 고등학교 친구인 김대균이라고 해요."
"저는 김수연이라고 해요. 성대와는 초등학교 동창이에요."

수연과 대균이 어색하게 인사말을 주고받는 모습을 지켜보던 성대가 민망하다는 표정을 지으며 몸서리를 쳤다.

"내가 아는 사람 둘이 내 앞에서 서로 존댓말 하는 거 보니까 손발이 오그라든다. 헉!"

대균이 성대의 뒤통수를 다시 한 대 치며 달아났다. 수연이 그 모습을 보고 입을 가리며 웃자 성대는 멋쩍은 표정으로 머리를 긁었다.

"보시다시피 내 몸이 이래서 저 녀석을 쫓아가 복수할 수가 없네. 우리는 우리 갈 길 가자."

"좀 과격하긴 한데, 대균 씨하고 서로 아주 친한가 보네?"

"어휴! 대균 씨는 또 뭐냐? 대균 씨는! 나중에 다시 만나면 호칭부터 정리합시다. 대균이는 고등학교 때 나와 3년 내내 같은 밴드부 멤버였어. 정작 같은 반이었던 적은 한 번도 없지만. 아무래도 관심사가 같으니 친해질 수밖에. 그렇다고 같은 학교로 오게 될 줄은 몰랐어."

"너는 무슨 악기를 연주했는데?"

"베이스."

수연은 베이스 기타를 멘 성대의 모습을 상상해봤다.

상상 속 성대의 모습이 우스꽝스러워 수연은 자기도 모르게 웃음이 새어 나왔다. 그러자 성대는 한숨을 쉬며 하늘을 바라봤다.

"고등학교 동창에 이어 이젠 초등학교 동창에게도 무시를 당하네. 아이고…… 내 입으로 말하긴 좀 그렇지만 내가 베이스도 치고 기타도 좀 친다."

수연이 고개를 갸우뚱거렸다.

"믿을 수 없다는 얼굴인데?"
"믿지 못한다는 말이 아니라 네가 악기를 연주하는 모습이 상상이 잘 안 돼서."

성대는 황당한 듯 신음을 냈다.

"아…… 너 지나치게 솔직하구나."
"미안. 그럴 의도는 아니었는데."
"너 때문에 새삼 베이스의 존재감을 다시 한번 확인했다. 아무튼 나는 그렇고, 대균이는 보컬이었어."
"정말? 그렇게 안 보이는데?"

성대는 피식 웃었다.

"큭! 도대체 어떻게 하면 네 눈에 악기를 연주하고 노래를 부르는 것처럼 보이는 거야. 걔가 노래를 좀 해. 짜증 나지만 말이야. 너도 혹시 연주할 줄 아는 악기가 있어?"

"어릴 때 피아노를 좀 치긴 했는데, 손 놓은 지 오래됐어."

"얼마나 오래?"

수연은 어린 시절 피아노를 치던 자신의 모습을 회상하자 마음이 씁쓸해졌다. 초등학교 때 수연의 꿈은 피아니스트였다. 대회에 출전해 1등을 차지한 일도 몇 번 있을 정도로 수연의 연주 실력은 괜찮은 편이었다. 그런 수연의 꿈을 동갑내기 남자아이가 가로막았다. 같은 학원에서 만난 그 남자아이의 연주 실력은 감히 수연이 넘볼 수 있는 수준이 아니었다. 아무리 노력해도 그 아이의 수준을 넘을 수 없다는 걸 깨달은 후 수연은 피아노에 흥미를 잃었다.

수연의 이야기를 들은 성대가 손뼉을 쳤다.

"아! 오승진! 오승진 맞지? 우리와 같은 초등학교에 다니다가 다른 학교로 전학 간."

수연은 씁쓸한 미소를 지으며 고개를 끄덕였다.

"작년에 차이콥스키 국제 콩쿠르 피아노 부문에서 우승했다는 뉴스를 봤어. 내가 대학 가겠다고 수험 공부에 열중하고 있을 시간에 걔는 전 세계 무대를 넘나들고 있었지. 그런 천재를 못 넘는다고 실망했던 내가 우스웠어."

성대는 수연의 풀죽은 모습을 보며 피식 웃었다.

"나도 너 보면서 비슷한 기분을 느꼈었는데, 넌 모르지?"

수연은 성대의 말에 어리둥절한 표정을 지었다.

성대는 자신이 초등학교 6학년 때 수연 때문에 단 한 번도 반에서 1등을 차지하지 못했던 일에 대해 말했다. 수연은 전혀 기억하지 못하는 눈치였다.

"너무하네…… 진짜로 기억이 하나도 안 나는 거야?"
"미안해."

성대는 머리를 긁적였다.

"네가 미안해할 일은 아니지. 돌이켜보면 그때 경험이 약이 됐어. 엄마가 어렸을 때부터 나를 보고 만날 천재라고 하니까 나는 내가 정말 천재인 줄 알았거든. 그런데 중학교에 진학해보니까 나보다 잘나고 똑똑한 녀석들이 수두룩하더라. 나는 특별한 사람이 아니란 사실을 깨닫는 과정이 괴롭긴 했지만 사실은 사실이니 인정해야지 별수 있어? 돌이켜보면 네 덕분에 충격을 덜 받은 셈이야. 그런 경험이 없었다면 중학교에 입학해 치른 첫 시험 결과에서 받은 충격이 훨씬 컸을 거야. 그런 점수는 그때 처음 받아봤거든."

수연은 성대가 털어놓은 경험담에 깊이 공감했다.
고등학교 때 자신도 비슷한 경험을 했기 때문이다.

고등학교 진학 후 치른 첫 시험에서 수연은 반에서 중하위권에 해당하는 성적을 받았다. 외국어고등학교가 중학교에서 우수한 성적을 거둔 학생들이 진학하는 학교란 점을 고려해도 충격적인 결과였다. 자신의 성적을 현실로 받아들이지 못하는 학생이 수연만은 아니었다. 하지만 그런 건 전혀 위로가 되지 못했다. 몇 차례 시험을 치른 후에도 성적은 별로 오르지 않았다. 1학년을 마칠 무렵 수연은 비로소 자신이 결코 특별한 사람이 아님을 깨달았다.

결과를 받아들이지 못한 학생 중 일부는 도망치듯 일반 고등학교로 전학하기도 했다. 특별한 사람이 아니란 사실을 깨달은 건 수연에게 좋은 약이 됐다. 자신이 특별한 사람이 아니라면, 성적을 높일 방법은 상위권 학생보다 더 많은 시간을 들여 공부하는 일밖에 없다는 결론을 내렸고 그 선택은 옳았다. 수연은 초등학교와 중학교 시절처럼 1등을 도맡진 못 해도 상위권에는 항상 이름을 올리는 학생이 됐다.

수연의 경험담을 들은 성대가 반문했다.

"하지만 평범한 사람도 얼마든지 특별해지는 방법이 있더라. 무슨 방법일 것 같아?"

"글쎄?"

"평범한 사람도 여럿 모여 하나의 목표를 향해 흔들리지 않고 꾸준히 달려가면 특별한 일이 생기더라. 나는 밴드부 활동을 하며 그런 경험을 했어."

성대는 수연에겐 생소한 메탈리카라는 밴드를 예로 들며 이야기를 이어나갔다. 그러면서 메탈리카는 명실상부 세계 최고의 메탈 밴드이지만 멤버 개개인의 연주력은 결코 세계 최고라 말할 수 없다고 설명했다.

성대는 최고가 아닌 사람들이 모여 최고가 되는 모습을 보고 감동해 고등학교에서 밴드부 활동에 열중했다고 말했다.

"그렇다고 우리 학교 밴드부가 최고였다는 얘긴 아냐. 솔직히 오합지졸이었지. 그래도 가뭄에 콩 나듯이 연주의 합이 좋아 서로의 얼굴을 보며 감탄하는 날도 있었어. 그때 희열은 말로 설명하기 어려울 정도로 강렬해. 대균이하고 밴드 동아리를 알아볼 생각이야. 아무래도 고등학교 시절보다는 밴드 활동을 하기도 쉬울 것 같아서."

최고가 아닌 사람들이 모여 최고가 되는 모습을 보고 감동했다는 성대의 말에 수연은 깊은 인상을 받았다. 수연의 표정을 살피던 성대가 살짝 주저하며 입을 열었다.

"수연아. 특별히 생각해둔 동아리가 없다면 너도 나랑 대균이와 같이 밴드 동아리에 들어보지 않을래?"
"내가? 난 그럴 실력이 안 되는데……."

수연은 성대의 갑작스러운 제안에 주저하면서도 마음이 흔들렸다.

성대는 수연의 표정에서 흔들리는 마음을 읽고 공세를 펼쳤다.

"아냐! 같이 모여서 연습하다 보면 실력은 금방 늘어. 넌 대회에서 피아노로 상도 몇 번 받아봤다며. 그러면 실력이 느는 건 금방이지 뭐."

따뜻한 바람 한줄기가 수연의 머리카락을 스치고 지나갔다. 수연은 동아리 활동이 대학 생활에서 가장 즐거운 추억으로 남아 있던 사촌 언니 세연의 말을 떠올렸다. 앞으로 1년쯤은 여유를 가져보는 것도 나쁘지 않을 듯했다.

다음 날 오전, 수업을 마친 수연은 정희와 만나 대학 본관 옆 편의점 앞에서 캔커피를 마시며 이런저런 이야기를 나눴다. 정희는 수연에게 막연하지만 음악을 해보고 싶어서 대학에 왔다고 고백했다. 수연은 중학교 시절 평범했던 정희의 모습에서 상상할 수 없는 진학 동기를 듣고 놀란 표정을 지었다.

"원래 음악을 좋아했어?"
"그런 건 아니었는데 고등학교 1학년 때 사촌 오빠 때문에 홍대 앞에 놀러 갈 일이 있었거든. 거기서 버스킹하는 밴드들을 처음 봤어. 잘하는 건지 못하는 건지는 모르겠는데 자유로워 보이는 모습이 멋지더라. 그때부터 홍대 앞에서 활동하는 인디 밴드들의 음악을 섭렵하기 시작했지. 듣다 보니 나도 열심히 하면 홍대에서 여신은 못 돼도 버스킹 정도는 할 수 있겠다는 생각이 들었어."

"그렇다면 실용음악과가 있는 대학으로 가는 게 맞지 않아?"

정희는 손가락으로 머리카락을 꼬았다.

"가뜩이나 집안 분위기가 보수적인데 어떻게 그런 말을 입밖으로 꺼내. 우리 아빠가 그런 말을 들었다면 당장 내 머리카락부터 잘랐을걸? 그리고 홍대에서 나름 유명한 뮤지션들 프로필을 찾아보니까 다들 학벌이 꽤 괜찮은 거야. 생각보다 실용음악과 출신은 많지 않더라. 곰곰이 생각해보니까 서울에 있는 괜찮은 대학에 입학해 집을 벗어나면 뭔가 기회가 생기지 않을까 싶더라. 그때부터 공부를 열심히 하기 시작했는데 하다 보니까 의외로 공부도 할 만하더라고. 내 성적으로 갈 수 있는 최상위권 대학에서 커트라인이 높지 않은 과를 찾아 들어온 거야. 조금 황당하지? 엄마 아빠는 내가 왜 국문학과에 입학했는지 그 이유를 꿈에도 모를걸?"

정희의 진학 이유는 수연이 지금까지 들은 모든 진학 이유 중 가장 황당했지만, 한편으로는 멋있게 느껴졌다.

"대단하다, 정희야. 진심으로."

정희는 고개를 저으며 손사래를 쳤다.

"막연하게 음악을 하고 싶다는 생각만 했지 대책이 하나도 없잖아. 무엇부터 해야 할지 하나도 모르겠어. 머리카락을 염색하면 뭔가 답이 나올 줄 알았는데, 머릿결만 개털이 됐네. 일단 밴드 동아리를 찾아볼까 생각 중이야. 음악과 가까운 곳에 가면 뭔가 답이 나오지 않을까 싶어서."

수연은 대균과 함께 밴드 동아리를 찾고 있다는 성대가 떠올랐다.

"저번에 길에서 나랑 같이 있었던 남자애 기억나지? 홍성대. 걔도 자기 친구하고 밴드 동아리를 찾는 모양이야. 걔는 고등학교 때 밴드 동아리 활동을 했다더라."
"그래? 너도 걔하고 밴드 동아리에 들 생각이야?"
"그건 아니고…… 잘 모르겠어. 사실 성대가 같이 밴드 동아리에서 활동해보자고 말하긴 했거든."

"걔한테 전화해봐! 이왕이면 조금이라도 아는 사람과 같이 가는 게 덜 뻘쭘하지 않겠어?"

수연이 성대에게 연락했다. 성대는 수연과 멀지 않은 곳에 있었다. 곧 모습을 드러낸 성대는 수연의 옆에 있는 정희를 보고 쑥스러운 표정을 지으며 어색하게 인사했다.

"정희 씨, 안녕하세요."

정희는 징그럽다는 듯 표정을 일그러뜨리며 온몸을 떨었다.

"정희 씨가 뭐예요, 정희 씨가! 어차피 서로 동갑이고 수연이 친구니까 이 시간부터 그냥 말 놓으며 지내요. 성대라고 했지? 하이! 성대!"

성대의 얼굴이 붉어졌다.

"아…… 그래, 정희야."

성대는 수연과 정희에게 자신이 파악한 밴드 동아리 정보를 풀어놓았다.

성대 말에 따르면 중앙동아리로 등록된 밴드는 DMZ, 터틀스, 터틀리카, 울랄라브라더스 등 네 개였다. 정희는 밴드 이름이 모두 마음에 들지 않는지 인상을 찌푸렸다.

"이름이 어째 다들 구리다. 다른 밴드는 없는 거야?"

"몇몇 단과대에 밴드 동아리가 있긴 한데 아무래도 중앙동아리보다는 규모가 작지. 거기다가 너와 수연이는 과가 다르니 중앙동아리에서 밴드를 찾아야 같이 활동할 수 있잖아."

아직 마음을 정하지 못한 수연은 일단 중앙동아리로 등록된 밴드에 관한 정보를 듣고 판단해야겠다고 생각했다.

"성대야, 각 밴드의 특징이 어떤지 설명해줄래?"

"웃긴 이야기가 많은데, 그렇다고 너무 비웃진 말고. 일단 DMZ는 우리가 아는 비무장지대가 아니라 단무지의 약자라더라. 대강 어떤 음악을 하는 동아리인지 짐작되지? 지지고 볶는 음악 전문 동아리야."

정희는 고개를 저었다.
성대가 정희를 의식하며 설명을 이어나갔다.

"터틀스와 터틀리카는 원래 터틀스라는 하나의 밴드였대. 둘 다 알겠지만 한국대를 상징하는 동물이 거북이잖아. 터틀스는 예전에 대학가요제도 제법 출전했던 나름 유서 깊은 동아리야. 그런데 오래전 헤비메탈처럼 센 음악을 밀어붙이는 멤버들과 기존 노선을 유지하려는 멤버 사이에서 서로 의견이 갈렸나 봐. 헤비메탈을 고집하던 멤버들이 나가서 터틀리카를 만들었고, 밴드 '스매싱 포테이토' 알지? 요즘 홍대 앞에서 잘나가잖아. 그 밴드 멤버들이 터틀리카 출신이야."

스마트폰을 보며 딴청을 피우던 정희가 눈을 반짝이며 성대에게 물었다.

"진짜? 대박! 그런데 스매싱 포테이토는 헤비메탈 밴드가 아니잖아?"

"우리나라에서 헤비메탈을 한다는 건 굶어 죽겠다는 말과 동의어야. 별수 있어? 먹고살아야 하는데. 이런저런 상황을 종합해보니 터틀스에 가입하는 게 적당하지 않을까 싶어. 가장 규모도 크고 역사도 깊고."

수연이 성대의 말을 잠시 막았다.

"울랄라브라더스는?"

성대는 눈을 감고 고개를 저었다.

"거기는 논외! 그리고 거긴 남자 멤버만 뽑아."
"무슨 음악을 하는 밴드인데 그래?"

성대가 생각할수록 어이없다는 듯한 표정을 지었다.

"이것저것 재미있는 쇼를 많이 보여주는 밴드였는데, 쇼를 보여주는 정도가 지나쳐서 이젠 그게 주가 됐다더라. 명목상 밴드 멤버를 뽑기는 하는데 들어오면 다들 차력 훈련시키는 모양이더라. 거긴 논외야 논외! 일단 사전 조사를 해보자. 둘은 밴드 경험이 없지?"

수연과 정희는 고개를 끄덕였다.
성대가 두 손을 맞잡은 채 진지한 목소리로 말했다.

"사실 악기 연습이 매우 따분한 일이거든. 기타는 만날 죽어라 크로매틱과 스케일 연습만 하지. 드럼은 고무판만 두드리고 앉아 있지. 조금은 각오해야 해. 그리고 밴드마다 최소한 오디션은 보기 때문에 생초짜보다는 경험자가 낫다. 수연이가 피아노를 꽤 쳤다는 이야기는 이미 들었고, 정희는 연주할 줄 아는 악기가 있어?"

정희는 드럼 연주하는 흉내를 냈다.

"교회에서 드럼을 살짝 배운 경험이 있어. 아주 모르는 건 아냐."
"오! 드럼이라면 무조건 환영이지. 여성 드러머가 많지 않거든. 오디션조차 안 보고 뽑을지도?"

수업을 끝낸 후 다시 만난 수연과 정희는 성대를 따라 밴드 동아리가 밀집한 노천극장으로 이동했다. 먼저 도착해 있던 대균이 성대와 수연을 보고 손을 흔들었다.

"돼지야, 여기다! 어라? 처음 뵙는 분이 계시네?"
"정희야, 애는 내 고등학교 동창 김대균."

정희가 대균에게 손을 내밀며 악수를 청했다.

"박정희예요. 수연이랑 중학교 동창이에요. 국어국문학과에 입학했고요."

대균은 정희의 손을 잡지 않고 갑자기 경례했다.

"각하!"

예상치 못한 대균의 행동에 수연은 입을 크게 벌리고 웃었다. 대균의 반응에 어이없다는 표정을 짓던 정희도 수연이 웃는 모습을 보고 따라 웃었다. 성대는 주먹으로 대균의 배를 한대 치며 수연과 정희에게 따라오라고 손짓했다. 노천극장 주변은 밴드 동아리별 지원자를 대상으로 오디션을 진행하고 있어 시끄러웠다.

온갖 소음 속에서도 터틀스 동아리방에서 들려오는 기타 솔로 연주만큼은 뛰어나다는 건 누구나 알 수 있었다. 터틀스에 지원한 신입생들은 물론 다른 동아리에 지원한 신입생들도 그 연주 소리에 집중했다. 대균이 짐짓 심각한 표정을 지으며 성대의 등을 쓰다듬었다.

"돼지야, 너는 아무래도 기타리스트로 전향하겠다는 목표는 포기해야겠다. 그냥 치던 베이스나 계속 쳐라. 저 연주 이길 수 있겠나?"

"짜증 나지만 인정 안 할 수가 없네. 밥 먹고 기타 연습만 했나. 저건 오디션 차원이 아니라 밴드가 모셔 가야 할 수준인데."

성대는 기타 연주자가 궁금해 창문 너머 오디션이 진행 중인 동아리방 내부를 살폈다.

연주의 주인공을 확인한 성대가 큰 소리로 감탄사를 내뱉었다.

"헐! 대박!"

주위의 시선이 성대에게 집중됐다.
성대는 수연을 보며 창문을 가리켰다.

"박대혁이야, 박대혁! 대박!"

대혁의 오디션이 끝나자 동아리방 문이 열렸다. 기타를 챙겨 동아리방을 빠져나오던 대혁이 수연과 성대와 마주쳤다. 대혁은 두 사람을 알아보고 쑥스러운 표정을 지으며 고개를 숙이고는 짧게 인사를 건넸다.

"오랜만이다."

수연과 성대는 대혁과 같은 과에서 같은 수업을 들으면서도 제대로 이야기 나눌 기회를 잡지 못했다. 대혁은 항상 맨 뒷자리에 앉아 수업을 들었고 수업이 끝나면 바로 자리에서 사라졌다. 과 차원에서 열리는 신입생 대상 행사에 얼굴을 비치는 일도 없었다.

성대는 의외의 자리에서 만난 대혁이 반가우면서도 야속하게 느껴졌다.

"홍길동도 아니고 같은 과인데 얼굴 보기가 왜 이렇게 어렵냐. 수연이랑 나는 네가 같은 과에 들어온 걸 진즉 알아봤는데. 그나저나 조금 전 연주 뭐냐? 실력 장난 아니던데!"

대혁은 민망하다는 듯한 표정을 지으며 성대의 시선을 슬쩍 피했다. 수연도 약간 어색한 표정으로 대혁에게 인사를 건넸다.

"대혁아, 오랜만이야."
"그래. 잘 지냈지?"

동아리방에서 다음 오디션 참가자를 호출하는 목소리가 들려왔다. 정희가 대혁에 이어 동아리방으로 들어갔다. 대혁은 수연, 성대와 전화번호를 교환한 뒤 다음에 따로 만나기로 약속했다.

멀어져가는 대혁의 뒷모습을 바라보던 대균이 성대의 어깨에 손을 올리며 말했다.

"돼지야, 봐라. 저 녀석은 이미 뒷모습부터 기타리스트 아니냐. 저 친구도 초등학교 동창이라고? 대학교가 무슨 동창회도 아니고 뭔 동창이 이렇게 많아?"

"그러게 말이다. 이렇게 한꺼번에 다시 만나기도 쉽지 않은 일인데. 쟤는 수연이하고 나하고 초등학교 6학년 때 같은 반이었는데, 워낙 조용한 녀석이어서 친하게 지내진 못 했지."

수연은 드럼을 연주하는 정희의 모습을 창문 너머로 들여다봤다. 정희의 연주 실력은 드럼을 잘 모르는 사람이 들어도 매우 초보 수준으로 박자만 겨우 맞추는 정도였다. 하지만 정희의 얼굴에선 진지함과 즐거움이 함께 묻어났다. 그 모습을 바라보는 동아리 선배들의 표정에서도 즐거움이 엿보였다. 성대도 창문 너머로 정희가 연주하는 모습을 들여다보며 수연에게 물었다.

"수연아, 아직도 고민돼? 즐거울 것 같지 않아? 고민할 필요 없잖아. 정 맞지 않거나 수틀리면 나가버리면 그만인데. 안 그래?"

수연은 얼마 전 세연이 선물로 준 스마트폰 케이스의 뒷면을 바라봤다. 케이스의 뒷면에는 '지금 이 순간에 충실하라'는 의미를 가진 라틴어 'Carpe Diem'이 새겨져 있었다.

오디션을 마친 정희가 상기된 표정을 지으며 동아리방에서 나왔다. 정희는 미소를 지으며 수연에게 오른손을 들어 보였다. 수연은 정희와 하이파이브를 하며 동아리방으로 들어갔다. 키보드 앞에 앉은 수연은 속으로 '카르페디엠'을 외치며 건반 위에 손가락을 올렸다.

봄이 오다

터틀스 오디션에서 탈락한 지원자는 아무도 없었다. 오디션은 지원자가 어떤 악기를 다룰 줄 알고 관심이 있는지 확인하는 절차 수준에 불과했다. 악기를 다룰 줄 몰라도 본인이 배우고자 하는 악기가 있다면 선배가 따라붙어 개인 레슨을 했다. 선배들은 수업을 마친 뒤 동아리방에 들르는 신입생들을 부담스러울 정도로 잘 챙겨줬다. 수연 또한 그런 분위기가 싫지 않아 동아리방에 자주 들렀다.

수업이 끝난 후 수연과 함께 동아리방으로 향하던 정희가 화단에 피어난 개나리꽃을 보고 발걸음을 멈췄다.

정희는 꽃을 한참 동안 들여다보다 수연에게 말했다.

"마음에 여유가 있어야 아름다운 게 눈에 들어오나 봐. 개나리가 이렇게 예쁜 꽃이었나?"

"하긴. 고3 때는 활짝 핀 벚꽃이 바람에 떨어져 꽃비로 흩날려도 아름다운 줄 모르겠더라. 마음에 여유가 없었으니까."

수연도 고개를 끄덕였다. 개나리꽃 앞에서 수연과 고3 시절을 떠올리며 수다 떨던 정희의 시선이 수연의 어깨 너머로 향했다. 수연의 시선도 정희의 시선을 따라갔다. 대혁이 개나리꽃 사진을 촬영하는 모습이 보였다.

"과묵한 박대혁에게 저런 취미가 있었어? 의외네. 너랑 성대는 대혁이와 초등학교 6학년 때 같은 반이었다며?"

"그렇긴 한데 그땐 말 한번 제대로 붙일 일이 없었어. 그때도 지금처럼 과묵했거든."

수연에게 있어서 대혁에 관한 기억이라고는 말없이 맨 뒷자리에 앉아 있거나, 누가 시키지 않아도 화단에 꼬박꼬박 물을 주는 모습 정도뿐이었다.

동아리방에서도 대혁은 기타 연습에만 열중하는 터라 먼저 다가가 말을 붙이기 어려운 타입이었다. 정희는 수연의 손을 붙잡아 끌면서 대혁에게 다가가 사진 촬영에 집중하고 있는 대혁의 등을 손가락으로 툭툭 쳤다.

"대혁아, 여기서 뭐 해?"

고개를 돌려 수연과 정희를 보고는 대혁이 짧게 말했다.

"개나리꽃이 예뻐서."
"어떻게 찍었는지 볼 수 있어?"

대혁은 말없이 조금 전 촬영한 개나리꽃 사진 몇 개를 보여줬다. 카메라에 담긴 개나리꽃은 마치 다른 장소에서 촬영한 듯 실제 모습보다 훨씬 아름다웠다. 대혁은 카메라 렌즈를 다시 개나리 쪽으로 돌리며 말했다.

"꽃이 피어난 건 좋은 일인데 개나리가 예년보다 너무 일찍 피었어."

정희가 다른 꽃 사진은 없느냐고 묻자 대혁은 카메라 액정을 통해 새로운 꽃 사진을 보여줬다.

정희는 꽃 사진 하나하나에 감탄사를 쏟아내며 대혁에게 질문 공세를 멈추지 않았다.

"이 꽃 개나리 아냐? 꽃잎 모양이 살짝 다르네."
"영춘화야. 개나리보다 조금 일찍 꽃을 피워."
"이 파란색 꽃은 무슨 꽃이야?"
"큰개불알풀."
"이름이 참 민망하네. 이 하얀색 꽃은 무슨 꽃이야?"
"냉이꽃."
"냉이? 국 끓여 먹는 냉이? 냉이가 이렇게 예쁜 꽃을 피운다고?"

대혁은 손가락으로 화단을 가리켰다.
정희가 고개를 갸우뚱했다.

"화단은 왜?"
"저기 햇살이 드는 곳을 살펴봐."

정희는 수연을 끌고 대혁이 가리킨 곳을 살펴봤다. 새끼손톱과 비슷한 크기를 가진 파란색 꽃이 무리 지어 피어 있었다. 대혁이 조금 전 카메라로 보여준 큰개불알풀이었다.

큰개불알풀은 대혁이 가리킨 곳 외에도 여기저기 흩어져 꽃을 피우고 있었다. 수연과 정희를 뒤따라온 대혁이 이번에는 다른 방향을 가리켰다. 수연과 정희가 대혁의 손가락을 따라 시선을 옮기자 매우 작고 하얀 꽃이 보였다. 쪼그려 앉아 꽃을 살피던 수연이 대혁에게 물었다.

"이 꽃은 무슨 꽃이니?"
"조금 전에 보여준 냉이꽃."
"냉이꽃이 이렇게 작아? 세상에!"
"일어나서 다시 한번 둘러봐. 큰개불알풀꽃과 냉이꽃이 주위에 얼마나 많은지."

수연과 정희는 대혁의 말을 따라 주변 곳곳으로 시선을 돌렸다. 개나리꽃 외엔 아무것도 보이지 않던 조금 전과 달리 파란색 큰개불알풀과 하얀색 냉이꽃도 함께 두 사람의 시야에 들어왔다. 수연과 정희의 눈빛이 놀라움으로 물들었다. 수연은 대혁을 보며 감탄했다.

"대혁아. 너는 우리가 모르는 다른 세상을 보고 있었구나."

정희가 상기된 표정으로 대혁에게 다가와 부탁했다.

"꽃 사진 잘 찍는 걸 보니 사람 사진도 잘 찍을 것 같다. 그렇지요? 우리도 한 장씩 부탁할게."

정희는 수연과 함께 개나리꽃이 활짝 핀 화단 앞에 섰다. 대혁이 오랫동안 뷰파인더에 집중하다가 셔터를 눌렀다. 사진 촬영이 끝나자 정희가 대혁에게 카메라를 잠깐 건네달라고 하더니 지나가던 한 남학생에게 사진을 좀 찍어달라고 부탁했다. 정희는 수연과 대혁을 보고 어깨를 으쓱했다.

"이왕 찍는 거, 대혁이를 빼면 섭섭하잖아."

수연과 정희는 대혁을 가운데 두고 포즈를 취했다. 카메라 셔터 소리가 들렸다. 대혁의 얼굴에 티가 거의 나지 않을 정도로 희미한 미소가 스며들어 있었다.

며칠 후 오전 수업 중 대균이 성대에게 학생식당이 지겨우니 학교 밖 즉석 떡볶이집에서 점심을 먹자고 메시지를 보냈다. 성대는 마침 같은 수업을 듣고 있던 수연과 대혁에게도 같은 내용의 메시지를 전달했다. 수연은 정희를 호출했다. 둘만 만날 자리가 다섯 명이 모이는 자리로 커졌다. 2인석에 앉아 있던 대균은 떡볶이집으로 세 명을 더 달고 나온 성대를 보며 혀를 찼다.

"만날 동아리방에서 보는 녀석들을 뭘 또 여기까지 끌고 오냐. 일단 넓은 데로 자리를 옮기자. 그리고 수연이하고 정희에겐 소소하지만 줄 것도 있고."

테이블을 더 넓은 곳으로 옮긴 대균은 가방에서 막대사탕 두 개를 꺼내 수연과 정희에게 하나씩 건넸다. 정희는 이리저리 사탕을 살피며 한숨을 쉬었다.

"내가 성인이 돼서 처음으로 받는 화이트데이 선물이 고작이 물건일 줄이야. 고마우면서도 화가 나네."
"일부러 제로 칼로리 사탕으로 챙겨줘도 말이 많네. 각하께선 고마운 건지 화가 나는 건지 한 가지만 하세요. 싫으면 도로 내놓으시든가."

정희는 입술을 삐죽거리며 사탕을 가방에 챙겨 넣었다. 수연도 대균에게 고맙다고 말하며 가방에 사탕을 넣었다. 성대가 말없이 떡볶이 조리에 열중하는 대혁을 보며 말했다.

"네 기타 실력의 원천은 집중력이로구나. 떡볶이 익히는 클래스가 다르네."

쑥스러움을 감추지 못한 대혁은 다른 주제로 말을 돌렸다.

"필국 선배 이야기를 들으니 오늘 기타 연주자가 한 명 더 새로 온다더라."

모두의 시선이 대혁에게 쏠렸다. 대혁은 여럿의 시선이 부담스러운 듯 눈을 아래로 깔고 냄비만 쳐다보며 떡볶이를 뒤적거렸다. 성대가 끼어들어 대혁을 대신해 말을 이었다.

"대혁이도 자세한 건 모를 거야. 내가 그래도 동아리 총무 아니냐. 듣자 하니 멤버 모집 기간은 끝났는데 본인이 워낙 동아리에 들어오고 싶은 나머지 오디션을 자청했다고 하더라. 점심 먹고 동아리방에 가보면 전후 사정을 알게 되겠지."

점심 식사를 마친 후 다 함께 동아리방을 찾았을 때 바깥으로 기타 리프와 솔로 연주가 새어 나오고 있었다. 연주를 집중해 듣던 성대가 대혁의 옆구리를 찔렀다.

"대혁아, 누군지 몰라도 연주 잘한다. 동아리에서 리드기타를 연주할 만큼 실력 있는 선배가 모두 군에 입대하고 없으니 저 안에 있는 녀석이 터틀스로 들어오면 너와 투톱이 되겠네."

창문을 통해 동아리방 내부를 들여다본 수연은 기타 연주의 주인공을 보고 놀랐다.

"이형우?"

정희가 수연에게 누군지 아느냐고 묻자 수연은 고개를 끄덕이며 대답했다.

"내가 작년에 잠시 단과학원에 다닐 때 같이 수업을 들었거든. 다른 학교로 진학한 줄 알았는데 우리 학교로 왔네."

오디션을 마치고 동아리방에서 나오려던 차에 형우는 수연과 마주쳤다. 형우가 이내 환한 미소를 지으며 수연에게 다가갔다. 수연의 얼굴에 반가움과 당황스러움이 뒤섞였다.

"수연아, 오랜만이네?"
"우리 학교로 온 줄은 몰랐어."
"그러게 말이야. 어쩌다 보니 나도 이 학교에 들어오게 됐어. 반가워. 다시 만나서."

형우가 수연에게 쇼핑백을 건넸다.
수연이 쇼핑백을 보고 고개를 갸웃거렸다.
형우는 수연에게 빨리 받으라고 눈빛으로 재촉했다.

수연이 머뭇거리며 쇼핑백을 받자 형우는 머리를 긁적이며 먼 곳을 바라봤다.

"오늘 화이트데이인데 간만에 빈손으로 인사하기가 그래서 준비했어."

수연의 주변에 있던 모두의 입에서 탄성이 쏟아졌다.
형우는 민망한 듯 얼굴을 붉혔다.

"지훈이 알지? 이번에 터틀스에 들어온 경영학과 출신. 걔가 나하고 고등학교 동기야. 지훈이가 너도 터틀스에 가입했다고 얘기하길래 나도 덩달아 터틀스에 관심이 생겨서 찾아왔어."

고등학교 3학년 여름방학이 끝나고 2학기가 시작될 무렵 수연은 수학 점수가 잘 나오지 않아 단과학원에 다닌 적이 있었다. 강의가 좋기로 소문이 자자한 학원이어서 늦은 시간임에도 불구하고 수강생이 많았다. 다른 학교 학생과 같은 강의실에서 함께 수업을 듣는 것이 수연에게는 신선한 느낌으로 다가왔다. 여학생과 남학생이 서로를 의식하는 가운데 형성되는 성적 긴장감은 학교와 또 다른 묘한 분위기를 연출했다.

그 속에서 하나둘씩 커플이 생기기 시작했다. 형우는 훤칠한 키와 선 굵은 외모, 거기다 교내 밴드 동아리에서 기타를 연주한다는 소문 덕분에 학원 내 여학생들의 가장 큰 관심 대상이었다. 수연도 표나게 내색하지는 않았지만 형우에게 호감을 느끼고 있었다.

하지만 수연의 단과학원 생활은 형우의 예상치 못한 고백과 동시에 끝이 났다. 대학수학능력시험을 얼마 남겨두지 않은 상황에서 수연은 공부 이외 다른 데 마음을 쏟고 싶지 않았다. 수연은 형우의 고백을 매몰차게 거절했다. 몇 차례 거듭된 고백에도 아랑곳하지 않고 결국 수연은 학원 수강 중단을 선택했다. 이후 수연은 형우의 소식을 듣지 못했고, 따로 알아보지도 않았다. 그리고 이렇게 예상치 못한 곳에서 재회하게 된 것이다.

당혹감을 감추지 못하는 수연에게 형우는 멋쩍은 미소와 함께 짧은 인사를 건네고 동아리방을 나갔다.

"수연아, 다음에 보자."

형우가 자리를 비우자 동아리방 안에 있던 모두가 일제히 둘이 어떤 사이였냐며 수연에게 질문 공세를 퍼부었다.

수연은 애써 미소 지으며 그저 같은 학원에 다녔을 뿐이라고 해명했지만 그 말을 곧이곧대로 믿는 사람은 아무도 없었다. 수연은 약속이 있다는 핑계를 대고 서둘러 동아리 방에서 빠져나왔다. 황급히 수연을 따라 나온 정희는 수연의 손에 형우가 남긴 쇼핑백을 쥐여주며 흐뭇한 표정을 지어 보였다.

"아무리 급해도 받은 선물은 챙기고 가야지. 봄은 역시 사랑의 계절이로구나."

정희가 놀리자 수연은 깊은 한숨을 내쉬며 지하철역으로 발걸음을 돌렸다. 다음에 형우를 보면 어떤 표정으로 대해야 할지 고민에 휩싸인 채로…… 고민이 깊어질수록 발걸음은 빨라졌다. 수연은 고민을 털어버리기 위해 잠시 발걸음을 멈추고 하늘을 바라보며 몇 차례 심호흡을 했다. 마음이 차분해진 수연은 주위를 둘러봤다. 캠퍼스 커플로 보이는 여학생과 남학생이 환한 미소로 서로를 바라보며 수연을 스쳐 지나갔다. 수연은 쇼핑백에 담긴 선물 상자를 물끄러미 바라봤다. 문득 입가에서 웃음이 새어 나왔다. 자기도 모르게 새어 나온 웃음에 당황한 수연은 이번에는 쉽게 도망치기 어렵겠다는 예감이 들었다. 그리고 그 예감이 싫지만은 않았다.

진실게임

3월이 지나자 봄 햇살의 기운은 빠르게 여름을 닮아갔다. 3월 말 남쪽에서 들려오기 시작한 벚꽃의 개화 소식은 4월 초에 이르러 서울까지 당도했다. 마침 오후 수업이 없었던 수연은 정희와 함께 벚꽃 구경을 하러 갔다. 여의도 윤중로는 아직 벚꽃이 만개하지 않았는데도 오가는 사람들로 붐볐다. 그 와중에 수연과 정희는 유독 많은 꽃이 매달린 벚나무를 올려다보며 감탄했다.

"세상에…… 서울에 함박눈이 내린 게 보름 전이지? 그사이 대체 무슨 일이 벌어진 거야? 나뭇가지에 꽃눈이 쌓였네."

정희의 말에 수연도 상기된 표정으로 벚나무를 올려다보며 맞장구를 놓았다.

"계절의 변화는 정말 신기해. 계절과 계절 사이에 무슨 뚜렷한 경계가 있는 것도 아니잖아. 2월에서 3월이 됐다고 갑자기 겨울이 봄이 되는 것도 아니고. 그런데 어느 순간 주위를 둘러보면 계절이 바뀌어 있어. 마법 같다니까."

벚꽃에 정신이 팔려 있던 정희가 갑자기 수연을 보고 정색했다.

"그나저나 형우와 어떻게 돼가고 있는 거야? 진전이 있긴 한 거야?"

수연은 대답 없이 정희의 눈길을 피하며 보폭을 넓혔다. 정희는 수연의 뒤를 쫓았다. 형우의 태도는 지난 화이트데이 때 수연에게 선물을 건넨 뒤 특별히 달라지지 않았다. 수연을 다른 동기와 다르게 대하는 일도 없었고 누구에게나 밝고 유쾌한 태도를 유지했다. 수연은 그런 형우의 태도에 안도하면서도 한편으로는 형우의 본심이 무엇인지 점점 궁금해졌다. 걸음을 따라잡은 정희가 수연에게 물었다.

"중간고사가 끝난 뒤에 엠티 간다는 공지사항 들었지?"

"듣긴 했는데, 장소는 미정이지 않아?"

"필국 선배 말을 들어보니 바다로 갈 모양이더라."

"바다? 어디로?"

"서울에서 가까운 제부도이지 않을까 싶어. 작년에도 재작년에도 제부도에 펜션을 잡아서 봄 엠티를 갔다고 하니까. 그런데 엠티를 왜 바다로 가지? 산으로 가지 않고."

"엠티 장소를 꼭 산으로 정해야 할 이유가 있어?"

"엠티는 마운틴Mountain의 약자 아니야? 교통표지판에도 영어로 Mt.라고 적혀 있잖아."

수연은 황당하다는 표정을 지으며 말없이 정희를 바라봤다. 정희는 고개를 갸우뚱하며 수연에게 다시 물었다.

"정말 마운틴의 약자가 아니었어? 그럼 무슨 말의 약자야?"

정희의 표정이 몹시 억울해 보였다.

"장난인 줄 알았는데 표정을 보니 장난이 아니네. 멤버십 트레이닝Membership Training의 약자야. 왜 부끄러움은 내 몫이지."

정희는 눈을 크게 뜨고 감탄사를 토하며 수연에게 엄지손가락을 세워 보였다. 수연은 표정을 일그러뜨리며 두 손으로 얼굴을 감쌌다. 정희가 오른손을 높이 들고 다시 수연에게 질문했다.

　"김수연 선생님! 그렇다면 엠씨는 무엇의 약자입니까? 마이크로폰Microphone의 약자입니까?"

　수연은 정신이 멍해지는 기분을 느끼며 말까지 더듬었다.

　"그, 그건 마스터 오브 세리머니Master of Ceremony의 약자잖아. 너 때문에 나까지 헷갈리잖아!"

　정희는 수연이 당황하는 모습을 보며 깔깔거렸다.
　수연은 깊은 한숨을 내쉬며 정희에게 하소연했다.

　"수능 영어 문제는 어떻게 답안을 적으셨는지 미스터리네요……"

　1학기 중간고사 기간이 끝난 금요일 오후, 터틀스 동아리 방으로 모든 멤버들이 집결했다.

군에서 제대한 지 얼마 되지 않은 예비역 멤버들이 나서서 일사불란하게 음식과 주류 등 물품과 인원을 점검했다. 처음 엠티를 경험하는 신입 멤버들은 상기된 표정으로 서로 잡담을 나누며 전세버스에 몸을 실었다. 버스 맨 앞자리에 앉아 있던 터틀스 회장 조필국은 물품과 인원 점검이 끝나자 일어나 마이크를 잡았다.

"각자 주변에 빠진 사람 있는지 한 번 더 체크하시고! 제부도까지는 두 시간 정도 걸립니다. 금요일이라서 길이 조금 막힐지도 모르지만 세 시간은 넘기지 않고 도착할 겁니다. 졸업한 선배들의 후원금이 적지 않아 돼지고기보다 소고기가 더 많이 준비돼 있습니다. 다 먹기 전까지는 섬에서 못 나갑니다!"

소고기라는 말에 멤버들의 환호성이 쏟아졌다. 수연은 버스 창밖을 보며 오래전 가족과 함께 바닷가에서 즐겁게 지냈던 시간을 떠올렸다. 바다와 가까운 펜션을 빌린 아버지는 해가 저물자 대하를 구웠다. 아버지는 잘 구워진 새우의 몸통을 모두 수연과 수완의 입에 넣어줬다. 그러면서 정작 당신은 새우의 머리가 가장 맛있는 별미라며 몸통에 손을 대지 않았다.

그것이 정말 별미일지 몰라도, 아버지가 딱딱한 더듬이에 입술을 찔려가며 새우 머리를 씹는 모습은 생각하면 할수록 마음을 서늘하게 했다. 옆자리에 앉아 있던 정희가 코를 골며 수연의 어깨에 머리를 기댔다. 수연은 그 모습을 보고 피식 웃으며 눈을 감았다.

버스는 두 시간 남짓 걸려 해변가에 위치한 펜션에 도착했다. 엠티 시즌이라 이미 적지 않은 대학생들이 해변을 오가는 모습이 보였다. 바다에서 육지로 불어오는 바람은 적당히 시원했고, 바닷물은 석양에 물들어 황금빛으로 일렁였다.

버스를 타고 제부도로 오는 동안 내내 졸았던 멤버들은 하차하자마자 언제 그랬냐는 듯이 활발히 움직였다. 버스 짐칸에서 내린 물품을 모두 확인한 필국은 멤버들에게 각자 짐을 푼 뒤 오후 6시 30분까지 마당으로 집합하라고 공지했다.

펜션으로 짐을 옮기던 정희의 눈에 다소 우울해 보이는 성대의 모습이 들어왔다. 짐 정리를 마친 뒤에도 성대는 일행과 떨어져 홀로 말없이 바다를 바라보고 있었다. 정희가 성대에게 다가가 옆구리를 찔렀다.

"왜 홀로 서서 고독을 씹고 있는 거야? 하나도 안 멋있어."

성대는 정희를 보며 씁쓸한 미소를 짓다가 펜션 쪽으로 말없이 발걸음을 옮겼다. 정희는 평소와 다른 성대의 행동과 말투에 당황해 멀어지는 뒷모습을 바라보기만 했다. 그러고는 대균에게 전화를 걸었다.

"대균, 네 단짝 성대가 오늘 이상해 보인다? 왜 그래?"
"사실 오늘 성대 생일이야. 아무도 몰라줘서 삐진 모양인데?"
"생일? 너는 아는데도 모른 척한 거야?"
"내가 그렇게 정 없는 놈은 아니야. 뭔가 준비하고 있으니 기다려봐. 그때 장단이나 같이 맞춰줘. 오늘 저 녀석 생일빵 좀 제대로 할 생각이니까."

전화를 끊은 정희는 알다가도 모르겠다는 표정으로 멀어져가는 성대의 뒷모습을 바라봤다. 정희는 멀리서도 보이는 성대의 축 처진 어깨가 괜히 안쓰럽게 느껴졌다.

해변을 홀로 거닐던 성대는 예정된 집합 시간보다 살짝 늦게 펜션에 도착했다. 부회장인 2학년 우상균이 성대를 부르며 화를 냈다.

"홍성대! 여기 너 말고 모두 모인 거 안 보이냐? 안 뛰어!"

성대는 갑작스러운 불호령에 허겁지겁 펜션 앞마당으로 뛰어 들어왔다. 그 모습을 본 3학년 필국이 1학년과 2학년 남자 멤버들에게 지시를 내렸다.

"저 녀석 가만히 둬선 안 되겠다. 얘들아! 멍석 가져와라!"

필국의 지시에 1학년과 2학년 남자 멤버들이 펜션 내 객실에서 모포를 가져왔다. 당황해 뒷걸음질치다가 넘어진 성대의 머리 위로 모포가 덮였다. 모포에 돌돌 말린 성대가 구슬픈 비명을 질렀다. 가뜩이나 기분이 우울한데 뜬금없이 멍석말이까지 당하자 서글퍼진 성대는 눈물이 핑 돌았다.

잠시 후 모포가 풀렸다. 성대가 모포를 걷어내자 주변 곳곳에서 폭죽 소리가 울렸다. 폭죽 소리에 당황해 어쩔 줄 모르고 바닥에 주저앉아 있던 성대 앞으로 대균이 능글맞은 표정을 지으며 케이크를 들고 다가왔다.

"왜 태어났니, 왜 태어났니, 얼굴도 못생긴 게 왜 태어났니!"

케이크를 보고 상황을 깨달은 성대가 필국에게 물었다.

"오늘이 제 생일인 줄 어떻게 아시고?"

필국은 어깨를 으쓱하며 피식 웃었다.

"어떻게 알긴? 동아리 입회원서에 생일 안 적었어? 모르는 게 이상하지. 안 그래? 그나저나 이 녀석 정말로 속네. 순진한 녀석 같으니. 저기 형우나 지훈이, 대균이, 대혁이 같으면 진즉에 알아챘을 텐데. 아무튼 생일 축하한다, 성대야."

성대가 눈가에 고여 있던 눈물을 손등으로 훔쳤다. 정희가 성대에게 다가와 슬쩍 여행용 휴지를 건넸다. 성대는 민망한 표정을 지으며 휴지로 눈물을 닦았다. 대균이 음흉한 목소리로 성대에게 속삭였다.

"너 지금 생일빵이 끝난 걸로 착각하고 있는 건 아니지?"

대균이 케이크 한 조각을 집어 들어 성대의 얼굴에 던졌다. 성대는 슬쩍 고개를 옆으로 젖혀 날아오는 케이크를 피했다. 케이크는 성대 뒤에 있던 정희의 얼굴에 정면으로 박혔다.

예상치 못한 상황에 놀란 대균이 정희에게 다가와 얼굴에 박힌 케이크를 걷어냈다. 얼굴에 생크림 칠을 한 정희가 말없이 고개를 숙였다. 무언가 심상치 않은 분위기를 느낀 대균이 뒷걸음질을 쳤다. 정희는 남아 있는 케이크를 통째로 들고 대균의 뒤를 쫓았다.

"미안해! 고의가 아니었어! 그거 비싼 거야! 던지지 마!"

대균은 정희를 피해 요리조리 달아났다. 정희는 대균을 쫓는 동안 스쳐 지나간 모든 사람 얼굴에 케이크의 생크림을 발랐다. 펜션 앞마당은 순식간에 아수라장이 됐다. 성대가 자신 앞을 스쳐 지나가던 대균의 발을 걸어 넘어뜨렸다. 곧이어 대균의 얼굴에 케이크가 통째로 박혔다. 모두가 서로의 얼굴을 바라보며 숨넘어가게 웃었다. 수연은 웃느라 배가 아파서 눈물을 찔끔거리다가 가슴이 벅차올라 눈물을 쏟아냈다. 수연은 기뻐서 눈물이 난다는 말이 과장이 아님을 처음으로 깨달았다.

한바탕 시끄러웠던 성대의 생일 축하가 끝나자 캠프파이어 준비가 이어졌다. 어느새 어둠이 깔린 바다 위로 달빛이 흩어져 물고기 비늘처럼 반짝였다. 해변 곳곳에서 폭죽 터지는 소리가 울려 퍼졌다.

폭죽은 저마다 다양한 형태와 색을 자랑하며 어두워진 하늘을 화려하게 빛냈다. 캠프파이어 준비를 하던 터틀스 1학년 멤버들은 그 모습을 올려다보며 입을 다물지 못했다. 필국은 1학년 멤버들에게 캠프파이어 준비를 채근하며 외쳤다.

"고작 저게 멋져 보이시나? 캠프파이어를 보면 생각이 달라질걸? 어서 준비 끝내자!"

캠프파이어 준비가 끝나자 터틀스 멤버들 모두 그 주위로 둥글게 모여 앉았다. 멤버들 각자 종이컵을 들고 서로의 잔에 맥주를 채웠다. 모두의 잔에 맥주가 채워지자 상균이 주머니에서 지포라이터를 꺼내 불을 붙이며 말했다.

"혹시 고전영화 〈콰이강의 다리〉 본 사람 있냐? 그 영화 보면 지포라이터에 불을 켜서 던지는 장면이 나오거든."

필국이 다급하게 상균을 향해 뛰며 소리쳤다.

"야! 이 미친놈아! 내 라이터를 언제 슬쩍한 거야! 그거 얼마짜리인지 알아? 그거 던지면 너도 바로 불고기가 될 줄 알아라!"

상균은 필국을 바라보며 피식 웃었다.

"소심하기는. 여기 신문지 따로 준비해왔어요. 불은 여기다 붙일 테니 걱정하지 마시고요. 어! 어라!"

신문지에 불을 피우던 상균은 신문지가 생각보다 빨리 불에 타오르자 놀라 지포라이터를 놓쳤다. 지포라이터가 휘발유를 뿌려놓은 장작과 가까운 곳에 떨어졌고, 캠프파이어를 위해 쌓아놓은 장작에 불이 붙은 건 순식간이었다. 자신의 라이터가 장작과 함께 타들어가는 모습을 보며 필국이 절규했다.

"저 라이터 값이 얼마인지 알아! 감히 내 물건으로 삼류 영화를 찍어!"

필국이 상균에게 다가오자 상균은 슬슬 뒷걸음질쳤다.

"형. 아니 선배! 제가 나중에 B급, 아니 A급으로 새로 하나 사드릴게요!"

필국이 체념한 듯 주위를 둘러보며 지시했다.

"좋은 날을 저 녀석 제삿날로 만들 순 없는 노릇이고. 나중에 반드시 A급으로 내놓아라. 하지만 용서한다는 말은 아니다. 얘들아, 저 녀석을 자빠뜨려라!"

대균이 상균의 뒤를 감싸고 성대가 두 다리를 들어 올렸다. 이내 형우와 대혁도 달려와 상균의 팔과 다리를 한쪽씩 맡았다. 필국이 지시했다.

"저 녀석을 바닷물에 던져버려!"

상균이 다급한 목소리로 외쳤다.

"이놈들아! 너희들이 필국이 형을 더 오래 볼 것 같으냐, 나를 더 오래 볼 것 같으냐! 미래 권력은 나야! 얘들아, 다시 한번 생각해봐! 제발! 으아아아!"

상균의 처절한 외침은 바닷물 속으로 가라앉았다. 성대가 손을 털고 돌아서는 사이 상균이 물속에서 천천히 일어나 성대의 어깨를 짚으며 음산한 목소리로 말했다.

"네놈이 가장 먼저 나를 잡았겠다? 생일빵이 모자랐나 보구나?"

상균이 성대의 몸을 끌어안고 바닷물 속으로 뛰어들었다. 그러더니 이번에는 둘이 합심해서 배를 붙잡고 웃던 대균에게 다가갔다. 대균이 흠칫 놀라며 뒷걸음질을 쳤다. 상균과 성대가 동시에 대균에게 달려들었다.

"너만 멀쩡하면 되겠냐?"

백사장은 순식간에 서로가 쫓고 쫓기는 아수라장으로 변했다. 그렇게 몇 분이 지나자 바닷물에 빠지지 않은 사람이 아무도 없었다. 모래에 앉아 숨을 고르던 필국이 덜덜 떨며 말했다.

"춥다…… 가서 불이나 쬐자."

모두가 바닷물에 젖은 채 캠프파이어 주위로 옹기종기 모여 앉아 불을 쬐기 시작했다. 다들 한참을 말없이 불을 쬐던 가운데 정희가 침묵을 깼다.

"필국 선배. 우리 이러지 말고 게임이나 하는 거 어때요?"
"무슨 게임?"

정희가 주먹을 쥐어 보이며 말했다.

"진실게임!"

정희의 말이 끝나기 무섭게 주위에서 야유가 쏟아졌다. 좋지 않은 반응에 정희가 시무룩한 표정을 지으며 고개를 숙였다. 필국이 야유를 제지했다.

"얘들아, 진실게임이 유치할 것 같지? 그런데 막상 해보면 다르다. 정말 긴장되고 재미있을걸? 속는 셈치고 한번 해보지 뭐. 정희야, 준비한 규칙과 벌칙은 있어?"

우군을 만나 얼굴에 화색이 돈 정희는 한 손엔 소주병, 다른 한 손엔 종이컵을 들고 주위를 둘러보며 설명했다.

"누가 걸릴지는 삼육구 게임으로 정하는 거예요. 삼육구 게임 모르는 사람 없죠? 벌칙은 안주 없이 소주 한 잔을 들이켜는 겁니다."

정희의 설명이 끝나자마자 필국이 외쳤다.

"나를 기준으로 왼쪽으로 돈다! 삼육구, 삼육구! 삼육구, 삼육구! 일!"

게임이 시작되자 모두가 머릿속으로 숫자에 집중하며 서로의 눈치를 봤다. 벌칙에 걸리는 사람은 쉽게 나오지 않았다. 캠프파이어 주변으로 숫자를 외치는 소리와 박수 소리 외엔 어떤 소리도 들리지 않았다. 반쯤 장난으로 시작한 게임인데도 긴장감이 감돌았다.

"오십칠."
"오십팔!"
"짝!"
"육십!"

모두의 눈이 육십을 외친 사람에게 향했다. 성대가 천천히 엄지손가락으로 자신을 가리키며 힘없이 고개를 숙였다.

"지구에 온 목적이 뭐냐?"

대균의 뜬금없는 질문에 주위에서 폭소가 터졌다. 잠시 무언가를 고민하던 성대가 종이컵에 소주를 채운 뒤 한 번에 들이켰다. 대균은 예상치 못한 반응에 놀라움을 표했다.

"도대체 지켜야 할 비밀이 뭐길래 소주를 원샷했냐. 설마 외계인? 지금 이 상황, 비상사태 아닌가?"

얼굴이 벌겋게 달아오른 성대가 입술을 닦았다.

"다들 각오합시다! 삼육구, 삼육구! 삼육구, 삼육구! 일!"
"이!"
"짝!"
"짝!"

게임이 시작되자마자 정희가 벌칙에 걸렸다. 정희는 허탈한지 자신의 손바닥을 살피며 한숨을 쉬었다. 지훈이 실실 웃으면서 정희에게 물었다.

"게임을 제안한 장본인이니 각오는 했겠지? 첫 키스는 언제?"

정희는 얼굴을 붉히며 고개를 숙인 채 답했다.

"없어."

정희의 말에 믿을 수 없다는 듯 짓궂은 질문이 이어졌다.

"정말이냐?"
"사실이냐?"

"리얼리?"

정희는 짜증을 내며 소주잔을 비웠다.

"정말로 없다니까!"

정희의 옆에 있던 성대가 술에 취해 들릴 듯 말 듯 한 목소리로 중얼거렸다.

"나도 없는데……."

성대의 혼잣말을 들은 정희가 흠칫 놀라며 재빨리 게임을 이어갔다. 게임은 한참 동안 계속됐고 많은 질문과 답변이 오갔다. 질문과 답변이 늘어날수록 빈 소주병도 쌓여갔다. 벌칙에 한 번도 걸리지 않았던 형우가 마침내 걸렸다. 술에 살짝 취한 정희가 수연을 슬쩍 바라본 뒤 씩 웃으며 형우에게 질문했다.

"너 마음에 두고 있는 사람이 있지?"

정희의 질문에 형우는 장난스러운 표정으로 잠시 동안 생각하는 척하다가 입을 열었다.

"있어."

형우를 향해 박수갈채와 환호성이 쏟아졌다. 그와 동시에 마음에 둔 사람이 누구인지 밝히라는 요구가 빗발쳤다. 정희가 숟가락으로 빈 소주병을 두드리며 소란스러워진 분위기를 진정시켰다.

"워워! 다들 규칙을 잊으셨습니까! 질문은 게임 한 번에 하나씩! 다시 게임을 시작합니다. 삼육구, 삼육구! 삼육구, 삼육구! 일!"

형우의 시선이 수연에게로 향했다. 수연은 형우의 시선에 놀라며 얼굴을 붉히다가 정희에게 눈을 흘겼다. 조금 전보다 더 술에 취한 정희는 혓바닥을 내밀며 수연을 놀렸다. 수연이 정희에게 작은 목소리로 따졌다.

"정희야, 저번 화이트데이 이후에 형우가 내게 따로 특별한 티를 낸 일이 전혀 없어. 무슨 생각을 하는지 모르겠지만 오해야."
"오해인지 아닌지는 확인해보면 알겠지. 워워! 즐겨요! 즐겨!"

대수롭지 않은 듯 말하는 정희의 대꾸에 수연은 난처한 표정을 숨기지 못했다. 그러던 중 누군가 벌칙에 걸려 게임이 멈췄다. 벌칙에 걸린 사람은 형우였다. 누가 봐도 일부러 걸렸음이 분명했다. 이번에도 정희가 질문을 했다.

　"혹시 성이 김 씨니?"

　형우는 고개를 끄덕였다.
　모두의 시선이 수연에게 쏠렸다.
　정희가 다시 게임을 진행시켰다.

　"게임 한 번에 질문 하나! 게임 다시 시작합니다. 삼육구, 삼육구! 삼육구, 삼육구! 일!"

　얼마 지나지 않아 형우가 또 벌칙에 걸렸다.
　대균이 형우에게 물었다.

　"정희는 아니지?"

　형우는 다시 고개를 끄덕였다.
　수연은 부끄러워 자리에서 일어나려 했다.
　정희가 수연의 손목을 붙잡았다.

"일단 시작한 게임을 끝내야지?"

필국이 주위를 돌아보며 소리쳤다.

"이제 마지막이다! 삼육구, 삼육구! 삼육구, 삼육구! 일!"

형우는 자신의 차례가 왔을 때 또다시 일부러 벌칙에 걸렸다. 필국이 수연에게 눈길을 주며 형우에게 질문했다.

"형우야. 여자지?"

형우는 말없이 미소만 지은 채 다시 고개를 끄덕였다.
수연을 제외한 모두가 자리에서 일어나 환호성을 질렀다.

정희가 모래밭에 앉아 있던 수연을 일으키며 더 크게 환호성을 지르라고 유도했다. 수연이 무언가를 말하려는 듯 입술을 오므렸다가 닫았다. 필국이 환호성을 진정시켰다. 모두의 시선이 자신에게 쏟아지자 수연은 말을 더듬었다.

"저는…… 솔직히 잘 모르겠어요."

정희는 수연의 옆구리를 쿡쿡 찔렀다.

"모르긴 뭘 몰라! 형우가 저 정도로 했으면 뭔가 대답은 해 줘야지. 안 그래? 솔직히 너만 몰랐지 여기 있는 사람 모두 형 우가 너 좋아하는 것 다 알고 있었어. 그렇죠? 그리고 이형우! 혹시라도 수연이가 너를 차버릴지라도 쪽팔린다는 핑계로 동 아리에서 나가면 안 된다!"

형우가 수연을 바라보며 멋쩍게 웃었다.
수연은 형우의 시선을 피하며 말을 이었다.

"형우가 저번 화이트데이에 내게 선물을 준 일은 있지만, 그 게 다야. 솔직히 지금 이 상황 당황스러워."

형우가 수연에게 다가와 말했다.

"저번 화이트데이 선물이 처음은 아닐 텐데?"

형우의 말에 수연은 기억을 더듬다 뭔가 생각난 듯 손뼉 을 쳤다.

"혹시 작년 크리스마스 때 이름 없이 우리 집으로 선물을 보낸 사람이 너였니?"
"크리스마스뿐만이 아닐 텐데?"

수연은 지난해 겨울, 보낸 사람 이름 없이 집으로 배달된 디퓨저, 영양제 등을 기억해냈다. 친척이 보냈을 거라고 대수롭지 않게 생각했던 물건들이 형우의 선물이었을 줄 수연은 꿈에도 생각하지 못했다. 형우는 머리를 긁적이며 쑥스럽다는 표정으로 말을 이었다.

"작년에 고백했을 때 네가 학원까지 그만두며 거절하는 모습을 보고 충격을 많이 받았어. 솔직히 많이 야속했고. 그런데도 포기가 안 되더라. 네게 부담되지 않게 마음만은 전하고 싶어서 익명으로 선물을 보냈었어. 그래도 살짝 그 선물을 보낸 사람이 나라는 사실을 알아줬으면 했는데 정말로 몰랐나보네. 그건 좀 서운하네. 없는 용돈을 모으고 모아서 산 물건들인데."

상균이 슬쩍 끼어들어 형우의 말을 거들었다.

"나도 형우와 술 마시다가 들은 이야기인데, 형우가 사실 우리 대학에 들어온 이유도 수연이 너 때문이라더라. 이 정도면 정말 대단한 정성 아니냐."

그 말에 수연이 놀란 표정으로 상균과 형우의 얼굴을 번갈아 바라봤다. 대균이 감탄사를 외쳤다.

"오오! 이 모두가 다 이형우의 빅픽처!"

형우는 머리만 긁적이며 아무 말도 하지 못했다. 무슨 말을 해야 할지 몰라 우물쭈물하는 수연에게 정희가 수연의 손을 잡으며 조용히 말했다.

"네게 귀띔도 하지 않고 난처한 상황을 만든 건 미안해. 내게 이런 상황이 생긴다면, 솔직히 나도 유쾌하진 않을 거야. 그런데 말이야. 나도 사정을 알고 나니 형우를 응원하고 싶더라. 저렇게 오랫동안 말도 없이 너를 향해 달려왔는데 어떻게 바라보지 않을 수 있어? 나라면 상대방이 동물이나 외계인이라도 없던 호감이 다 생기겠다."

"싫다는 말은 아니야! 그냥…… 잘 모르겠다는 것뿐이지."

형우가 수연에게 더 가까이 다가왔다.

"내가 싫은 게 아니고 잘 모르겠다면, 이제부터 알아가면 되지 않을까? 막상 이렇게 말하고 나니 엄청 쑥스럽네."

수연의 눈이 형우의 눈과 마주쳤다. 형우의 낯빛은 흥분으로 상기돼 있었고, 눈빛엔 기대와 불안이 뒤섞여 있었다.

오랫동안 말도 없이 자신을 향해 달려왔는데 어떻게 바라보지 않을 수 있느냐는 정희의 말을 되새기며 수연은 스마트폰 케이스 뒷면에 새겨진 문구 'Carpe Diem'을 떠올렸다. 마음을 굳힌 수연은 형우를 바라보며 말없이 고개를 끄덕였다. 터틀스 멤버들의 환호성과 박수 소리가 커졌다. 때맞춰 해변 곳곳에서 다양한 폭죽이 하늘로 솟아올라 어둡고 빈 하늘을 채웠다. 수연은 자신을 둘러싸고 갑작스럽게 벌어지는 상황들이 여전히 낯설었지만, 첫 연애의 시작치고 나름 괜찮은 출발이 아닐까 생각했다.

다음 날 이른 새벽, 밤새 제대로 잠을 이루지 못하고 몸을 뒤척인 수연은 눈을 감은 채 어젯밤에 벌어진 일들을 곱씹었다. 성대의 생일, 캠프파이어, 진실게임, 그리고 형우의 고백…… 모든 순간이 머릿속에 생생하게 되살아났다. 수연은 남자들만 모여 자는 방에 누워 있을 형우의 모습을 상상했다. 왠지 모를 애틋한 감정이 느껴졌다. 수연은 낯선 감정에 놀라 자리에서 일어나 점퍼를 챙겨 입으며 펜션 바깥으로 빠져나왔다.

새벽 공기는 쌀쌀했다. 점퍼의 지퍼를 올리던 수연의 귀에 희미한 악기 소리가 들려왔다. 피리 소리와 비슷하면서도 미묘하게 달랐다. 수연은 그 소리를 따라 바닷가로 향했다.

바닷가와 가까워질수록 악기 소리도 점점 선명해졌다. 바닷가에 도착한 수연은 이름 모를 악기를 연주하고 있는 주인공을 확인할 수 있었다. 지난밤 캠프파이어가 벌어졌던 자리에서 대혁이 홀로 바다를 바라보며 악기를 연주하고 있었다. 인기척을 느낀 대혁이 연주를 멈추고 뒤를 돌아봤다. 수연을 본 대혁은 다소 놀란 듯했다.

"일찍 일어났네. 잘 잤어?"
"네가 나보다 더 일찍 일어났으면서 무슨. 조금 전에 연주한 악기는 뭐야? 소리가 정말 맑고 아름답더라. 그 소리를 따라서 여기까지 온 거야."

대혁은 목에 걸린 악기 두 개를 바라보며 말했다.

"오카리나라는 악기야. 구경해볼래?"

수연이 고개를 끄덕이며 손을 내밀자 대혁은 목에 걸려 있던 오카리나 두 개 중 하나를 수연에게 건네줬다. 수연은 오카리나를 이리저리 살핀 뒤 대혁에게 도로 건넸다.

"악기 모양이 무슨 오리처럼 생겼네?"

대혁은 수연에게서 받은 오카리나를 다시 목에 걸며 설명했다.

"오카리나라는 말은 이탈리아어로 거위새끼라는 의미가 있어. 이름답게 생긴 악기야."

"그런데 오카리나를 왜 두 개나 가지고 있어?"

"오카리나는 표현할 수 있는 음역대가 한정돼 있고, 악기마다 조성도 달라. 네가 조금 전에 본 큰 오카리나는 알토 C 음역, 작은 오카리나는 소프라노 G 음역을 가지고 있어. 두 오카리나는 알토와 소프라노 오카리나 중에서 가장 표현하기 무난한 음역대를 가진 악기야."

"음역대가 제한된 악기라면 연주하기 불편하지 않아?"

"불편하긴 하지. 하지만 오카리나는 다른 악기에는 없는 매력을 가지고 있거든."

"어떤 매력?"

"이 녀석은 자연의 소리를 들려줘."

수연은 성대의 말이 무슨 의미인지 모르겠다는 듯 고개를 갸웃거렸다. 대혁은 희미한 미소를 지으며 오카리나를 손등으로 톡톡 두드렸다. 대혁이 오카리나를 손등으로 두드릴 때마다 도자기를 두드릴 때 울리는 소리와 비슷한 맑은 소리가 났다.

"이 소리 들리지? 오카리나는 흙을 구워서 만든 악기야. 흙은 모든 생명의 근원이자 마지막이지. 그만큼 오카리나는 오래된 악기야. 오카리나의 기원을 살펴보면 선사시대 이상으로 올라가거든. 인류 최초의 악기라는 말도 있어. 그런 악기이니 자연의 소리를 내는 건 당연한 일일지도 몰라."

오카리나를 설명하던 대혁의 눈이 수연의 눈과 마주쳤다. 대혁은 수연의 눈을 슬쩍 피하며 설명을 이어갔다.

"우리나라 전통 악기 중에도 오카리나와 비슷한 악기가 있어. '훈'이란 악기인데 흙으로 만들고 연주하는 방법도 오카리나랑 흡사해. 다만 소리의 질감에 다소 차이가 있어. 오카리나는 맑고 밝은 소리를 내지만, 훈은 어둡고 탁한 소리를 내는 편이거든."

대혁의 설명을 듣던 수연은 문득 대혁과 단둘이 이렇게 긴 대화를 나눠본 일이 한 번도 없었음을 깨달았다.

"대혁아, 생각해보니 우리가 초등학교 시절뿐만 아니라 같은 대학교 같은 동아리에 있으면서도 이렇게 길게 대화를 나눠본 일이 없네. 그렇지?"

"내가 말주변이 별로 없어서."

"무슨 소리야. 오카리나에 관해 설명할 때 정말 달변이던데."

대혁은 고개를 숙이며 오카리나를 매만졌다. 수연은 그런 대혁의 모습이 아직 사춘기를 맞이하지 않은 어린 소년 같아 살짝 웃음이 나왔다. 대혁은 다른 주제로 말을 돌렸다.

"수연아, 너는 동아리에서 건반을 연주하는 일이 재미있어?"
"오랫동안 손에서 놓았던 건반을 연주하는 일도 즐겁지만, 넓은 캠퍼스에 어느 때나 자유롭게 들를 수 있는 공간이 있다는 게 많은 위안이 되더라. 너도 그렇지 않니?"
"나도 그렇지 뭐."
"동아리에서 신시사이저를 연주하다 보면 가끔 예전에 연주했던 피아노가 시시하게 느껴질 때도 있어. 신시사이저는 정말 많은 소리를 낼 수 있잖아. 피아노보다 휴대하기도 쉬운 편이고. 기술의 발전이란 정말 대단한 일 아니니? 이러다가 피아노가 완전히 사라지는 건 아닌가 몰라."

대혁은 고개를 들어 바다를 바라보며 말했다.

"나는 아무리 기술이 발전해 신시사이저가 피아노보다 더 아름다운 소리를 낸다고 해도 결코 피아노가 사라지리라고는 생각하지 않아. 음악을 살펴보면 인간은 하류로 흘러가면

서도 늘 상류를 되돌아보고, 때로는 거슬러 올라가는 모습까지 보여주기도 하더라. 기술이 발전해도 흉내 낼 수 없는 무언가가 있다는 걸 깨달았기 때문이 아닐까. 신시사이저 이전에는 멜로트론이라는 악기가 있었어. 건반을 누르면 그 건반과 연결시킨 자기 테이프에 녹음한 악기 소리가 재생되는 원리를 가진 악기야. 건반 하나에 테이프 하나가 붙어 있으니 지금 생각하면 대단히 원시적인 구조지. 멜로트론은 신시사이저가 등장한 이후 거의 사라졌는데, 최근 들어 다시 멜로트론을 연주하는 사람들이 늘고 있어. 기타의 원류인 류트라는 악기도 요즘 현대음악에서 다시 연주되고 있고. 피아노를 연주하니까 클라비코드나 하프시코드라는 악기를 알겠네?"

수연은 이름만 들어봤고 어떤 악기인지 잘 모른다고 답하며 고개를 저었다. 대혁은 다시 설명을 이어갔다.

"클라비코드와 하프시코드 모두 피아노 이전에 등장해 클래식에 쓰였던 악기야. 클라비코드는 피아노처럼 강약을 조절할 수 있지만 음량이 작고, 하프시코드는 클라비코드보다 음량이 풍부하지만 강약 조절이 불가능해. 이를 모두 보완한 피아노가 등장한 이후 둘은 거의 사라지고 말았어. 하지만 최근 들어 하프시코드 같은 옛 악기에 관심을 가지는 연주자들이 늘어났어. 작곡 당시의 역사적 근거에 의해 연주하는 시대 연주도 현대 클래식의 한 흐름이고. 세상이 아무리 빠르게 변화해도 변하지 않는 무언가가 있고, 또 그것을 찾으러 오는 사람도 존재한다는 사실이 내겐 큰 감동을 줬어."

말을 마친 대혁은 캠프파이어에 여전히 불씨가 남아 있는 두꺼운 장작으로 시선을 돌렸다. 수연은 불씨를 바라보는 대혁의 눈빛이 깊다고 생각했다. 장작이 타는 소리는 수연에게 왠지 모를 편안함을 느끼게 했다.

"아직도 불씨가 꺼지지 않고 타고 있네. 장작 타는 소리가 참 좋다."

대혁은 불씨를 바라보며 낮은 목소리로 수연에게 말했다.

"저 장작 같은 사랑을 했으면 좋겠어."

수연은 그 말이 무슨 의미냐고 물어보려다가 자신과 형우를 향한 응원이라고 짐작하며 대혁에게 고맙다고 말했다. 대혁이 오카리나를 연주하며 바닷가의 고요를 깨웠다. 파도 소리와 겹쳐 들리는 오카리나 소리가 대혁의 말대로 자연을 닮은 것 같다고 수연은 생각했다.

수연은 오카리나 소리를 들으며 학창 시절 역사 수업 시간에 배웠던 신라의 만파식적을 떠올렸다. 세상이 어지러울 때 연주하면 모든 근심과 걱정이 사라지고 천하가 평안해진다는 전설의 악기. 수연은 만파식적이 여전히 존재한다면 지금 대혁이 연주하는 오카리나 소리와 비슷하지 않을까 하는 생각을 했다.

연주를 마친 대혁이 수연에게 오카리나 두 개 중 하나를 선물로 건넸다. 수연은 괜찮다며 손을 내저었으나 대혁은 재차 받으라고 권유했다. 수연은 더 거절할 수 없어 대혁에게서 오카리나를 건네받았다.

II

캠프파이어의 추억

축제

5월은 '계절의 여왕'이란 별명과 어울리는 화사한 풍경을 캠퍼스 곳곳에 연출했다. 따사로운 햇살은 푸른 나무를 더욱 푸르게 하고, 화단에 피어난 온갖 꽃들의 색을 더욱 선명하게 보이게 했다. 캠퍼스의 풍경은 거대한 정원을 방불케 했다. 캠퍼스 곳곳에 위치한 벤치는 커플들의 몫이었고, 넓은 잔디광장은 바닥에 눕거나 앉아 망중한을 즐기는 학생들의 차지였다. 오전 수업이 끝난 뒤 형우와 만나 함께 동아리방으로 걸어가던 수연은 캠퍼스의 봄 풍경을 새기듯 눈에 담았다.

"요즘엔 하루하루가 즐거우면서도 살짝 불안한 마음이 들어."

"즐거운데 불안해? 왜?"

수연은 붉은 지면패랭이꽃이 주단처럼 깔린 화단을 바라보며 한숨을 쉬었다.

"따뜻하게 비치는 햇살도, 푸른 나무도, 예쁜 꽃들도, 활기찬 사람들의 모습도 모두 아름다운데 이런 날이 언제까지 계속될까 하는 생각이 들면 괜히 슬퍼져."

형우가 웃으며 수연에게 무언가 말하려는 순간 한 여학생이 형우에게 다가와 말을 걸었다.

"이형우, 오랜만이네?"

"오랜만이야. 이제야 얼굴을 보네. 그동안 잘 지냈어?"

여학생에게 반갑게 인사를 하던 형우는 슬쩍 수연의 눈치를 보며 표정을 감췄다. 형우에게 인사를 마친 여학생이 수연에게 시선을 돌렸다.

"옆에 계신 분은 누구?"

형우는 여학생에게 수연을 소개했다.

"내 여자친구야. 수연아, 이쪽은 내 고등학교 동창 주은혜라고 해."

수연은 은혜에게 인사를 청했다.

"사회학과 김수연이라고 해요."
"동기끼리 서로 존대할 필요 없지 않나? 말 놓아요. 힘들면 내가 먼저 놓을게. 난 무용과 주은혜라고 해."

수연은 은혜의 눈빛을 보며 움찔했다. 표정은 활짝 웃고 있었지만 눈빛이 차가웠다. 지나가는 남학생들은 모두 은혜에게 한 번씩 눈길을 줬다. 자신보다 몇 뼘은 더 커 보이는 키, 몸매가 드러나는 원피스, 영화배우를 보는 듯한 뚜렷한 이목구비. 수연은 자신도 모르게 은혜에게 주눅이 들었다. 은혜는 수연에게 흥미를 잃은 듯 시선을 거두며 형우에게 말했다.

"난 지금 약속이 있어서 먼저 가볼게. 며칠 후에 동문회가 또 열리니까 잊지 마. 그때 다시 얼굴 봐."

수연은 멀어지는 은혜의 뒷모습을 보며 복잡한 기분을 느꼈다. 수연의 눈에 은혜는 좀처럼 노력해도 따라잡을 수 없는, 태생적으로 우월한 존재처럼 보였다. 수연은 형우에게 푸념했다.

"나도 화장을 짙게 해볼까?"

멀어져가던 은혜는 고개를 돌려 다시 한번 형우에게 손을 흔들었다. 형우도 은혜에게 손을 흔들며 씁쓸한 미소와 함께 혼잣말을 했다.

"쟤는 내 옆에 여자친구가 있는 모습을 뻔히 보고도…… 짓궂기는."

수연은 아무 말도 하지 않았지만 눈빛으로 형우와 은혜의 관계를 물었다. 형우는 피식 웃으며 수연의 손을 잡았다.

"수연아, 딱 한 마디만 할게. 쟤는 내 스타일 절대 아냐! 우린 얼른 갈 길이나 가자!"

축제를 앞둔 동아리방 내부는 공연 연습으로 한창이었다.

수연과 형우가 동아리방으로 들어가자 연습 중이던 멤버들이 일제히 연주를 멈추고서 두 사람을 향해 연습은 안 하고 연애질만 하느냐며 야유했다. 필국이 소란을 가라앉히며 1학년 멤버들을 불러 모아 공지사항을 전했다.

"터틀스의 주력 멤버는 2학년과 3학년이지만 1학년도 한두 곡은 무대에 올릴 생각이야. 무슨 곡을 연주할지는 너희들이 정해. 나는 약속이 있어서 먼저 자리를 비운다. 연주할 곡이 정해지면 상균이와 상의하고."

필국이 동아리방에서 자리를 비우자 1학년 멤버들의 선곡 회의가 시작됐다. 합주가 어렵지 않으면서도 의미 있는 곡을 고르자는 쪽으로 이야기가 기울었으나 구체적인 선곡을 두고 의견이 갈렸다. 말없이 듣고만 있던 대혁이 손을 들었다. 먼저 말을 걸기 전에는 좀처럼 얘기를 하지 않는 대혁이 손을 들자 모두가 놀랐다. 대혁은 집중되는 시선을 피하고자 고개를 숙이며 자신의 의견을 말했다.

"남의 곡을 카피하지 말고 자작곡을 연주하는 게 더 의미 있지 않을까?"

성대가 난감해했다.

"그럴 수만 있다면 훨씬 좋긴 하지. 하지만 축제까지 남은 기간이 많지 않은데 언제 곡을 만들고 언제 연습해. 무리야 무리."

모두 성대의 말에 동의하며 고개를 끄덕였다.
대혁이 고개를 숙인 채 작은 목소리로 말했다.

"실은 만들어놓은 곡이 몇 개 있어."

모두가 감탄하며 자작곡을 들려달라고 대혁에게 재촉했다. 대혁이 자신의 휴대폰에 저장돼 있던 곡을 들려줬다. 휴대폰 스피커로 들리는 소리가 너무 작아 모두가 숨을 죽이고 있는 가운데 상균이 스피커와 오디오 케이블을 가져와 대혁에게 내밀었다.

"너는 말소리가 작다고 음악 소리까지 작게 들려주냐? 장비 뒀다 뭐 해? 동아리방에 널린 게 스피커, 앰프, 케이블인데."

대혁이 머리를 긁적이며 스피커와 휴대폰을 오디오 케이블로 연결했다. 자신의 움직임 하나하나에 시선이 집중되자 대혁은 난감한 표정을 숨기지 못했다.

"기타 배킹과 솔로만 직접 연주했고 나머지 악기는 미디로 찍었어. 보컬은 내가 대충 가이드로 녹음해서 허접할 거야. 그 부분을 감안하고 들어줘. 곡 제목은 'With'야."

대혁의 자작곡이 스피커를 통해 흘러나왔다. 기승전결이 뚜렷하게 드러나는 격정적인 연주와 멜로디, 사랑을 고백하는 진솔한 가사가 인상적인 록발라드였다. 자작곡에 가이드로 실린 대혁의 목소리는 조금 어눌했지만 가사를 전달하는 데는 아무 문제 없었다.

곡이 끝나자 모두 대혁에게 감탄사를 연발했다.
대혁은 쑥스러운 듯 머리만 긁적였다.
상균이 대혁의 어깨를 두드리며 말했다.

"빨리 악보 내놓지 않고 뭐 하냐. 다들 당장 연습 시작해! 터틀스의 마지막 무대는 이 곡이다! 크게 기대 안 했는데 죽이네. 기타 실력만 좋은 줄 알았더니 제법인데? 이 곡 말고 자작곡이 더 있으면 다 토해내라. 박대혁 너, 골 때리는 녀석이다. 혹시 연애하냐? 가사 좋던데?"

대혁은 연애라는 말에 얼굴을 붉혔다.
대균이 대혁에게 어깨동무하며 짓궂게 물었다.

"대혁아. 사랑과 재채기는 숨길 수 없다는 것 알지? 언제부터 연애질을 시작했냐?"

연애는 무슨 연애냐며 대혁은 손사래를 쳤지만 쏟아지는 질문 공세를 막지 못했다. 스피커 볼륨을 최대로 올린 상균이 대혁의 자작곡을 재생하며 소리쳤다.

"다들 연습 안 하냐!"

여느 대학 축제처럼 한국대 축제의 가장 큰 행사 역시 마지막 날 마지막 순서로 열리는 가요제였다. 가요제가 열리는 노천극장엔 이번 축제 기간 중 가장 많은 인파가 몰려들었다. 사전 예선을 거쳐 본선에 진출한 학생들과 학내 동아리 활동을 하는 여러 밴드가 무대에 올라 기량을 뽐냈다.

축제에 초대된 인기 가수들의 무대는 가요제 분위기를 절정으로 이끌었다. 터틀스는 가요제 후반부 무대에 올랐다. 2학년과 3학년 멤버로 구성된 밴드는 실수 없이 여유 있게 합을 맞추며 무대를 이끌었다. 1학년 멤버들은 달아오른 관객 분위기에 흥분하면서도 부담감을 느꼈다. 이를 감지한 필국은 터틀스의 무대가 시작되기 전에 1학년 멤버들을 모아놓고 격려했다.

"뻔한 이야기이긴 한데, 평소처럼만 하면 된다! 괜히 오버하지 말고! 다들 알았지!"

필국이 오른손을 내밀었다. 그 위로 손들이 쌓였다. 필국이 파이팅을 외치자 연이어 모두가 함께 파이팅을 외치고 무대에 올랐다. 사회자가 이번 무대의 주인공은 신입생으로 구성된 밴드라고 소개하자 객석으로부터 환호성이 쏟아졌다.

무대에 오른 수연은 객석을 빽빽하게 채운 관객들을 보자 머릿속이 하얘지는 느낌을 받았다. 환호성이 잦아들자 사회자는 형우에게 연주할 곡에 관한 소개를 부탁했다. 형우는 다소 긴장한 듯 약간 떨리는 목소리로 간단하게 곡을 소개했다.

"저희가 들려드릴 곡은 「With」라는 자작곡입니다."

자작곡이란 말에 객석에서 환호성이 터져 나왔다. 형우는 수연을 잠시 바라본 뒤 무언가를 결심한 듯 숨을 고르고 말을 이었다.

"이 곡의 가사는 제 여자친구에게 해주고 싶은 말이기도 합니다."

객석에서 조금 전보다 훨씬 큰 환호성이 쏟아졌다. 얼굴이 붉게 달아오른 수연은 두 손으로 뺨을 감쌌다. 원래 이 곡의 보컬은 대균이었지만 합주 중 형우가 보컬로 참여하고 싶다는 뜻을 밝혔다. 형우와 사전에 이야기가 된 듯 대균은 흔쾌히 자리를 양보했다. 형우의 보컬도 대균 못지않게 좋은 편이어서 선배들도 갑작스러운 포지션 변경에 반대하지 않았다.

수연과 형우는 합주하는 기간 내내 멤버들의 짓궂은 놀림을 받았다. 사회자가 형우에게 여자친구가 지금 어디에 있는지 물었다. 형우는 여자친구가 지금 가요제 현장 어딘가에 함께 있을 거라며 사회자의 질문을 살짝 피했다. 사회자는 과장된 웃음소리를 내며 질문을 마치고 무대의 시작을 알렸다.

정희가 베이스 드럼을 일정한 리듬으로 밟으며 연주의 길을 텄다. 드럼 연주 위로 성대의 베이스 연주와 수연의 키보드 연주가 더해졌다. 여기에 대혁이 기타로 배킹 연주를 보탰다. 이 메이저(E Maj). 지샵 메이저(G# Maj). 에이 메이저(A Maj). 도입부부터 제법 강렬한 사운드가 만들어졌다. 형우는 두 눈을 반쯤 감은 채 마이크를 잡고 노래를 불렀다.

아직은 이 길이 낯설기만 해

내게 보이는 건 모두 텅 빈 어둠뿐이야

힘든 하루를 건너 지쳐 누울 때

그곳엔 아무도 있지 않았지

다시 눈을 뜨면 바라보게 돼

시작은 있어도 끝은 보이질 않는 이 길을

난 불안하지 않아

난 흔들리지 않아

네가 내 곁에 있으니

사랑해

함께하기로 해

이제 저 먼 길이 두렵지 않아

잊지 마

너의 곁엔 언제나

함께 걸어가는 내가 있다는 걸

기억해

간주가 시작되자 형우는 뒤로 물러섰고 대혁이 무대 전면에 등장했다. 대혁은 클린톤(어떤 이펙터나 효과도 입히지 않은 기타 그대로의 소리)으로 기타 솔로를 연주했다. 마이너 펜타토닉 스케일(단조 오음계)의 선명한 멜로디.

디스토션을 걸어 강렬한 소리를 냈던 배킹 연주와 대조되는 클린톤의 기타 솔로 연주는 맑아서 애절했다. 형우는 고개를 돌려 수연을 봤다. 형우와 수연의 눈이 서로 마주쳤다. 수연은 잠시 형우에게 미소를 보여준 뒤 건반으로 시선을 돌렸다. 대혁이 기타 솔로를 끝내자 다시 형우가 무대 전면에 등장해 브릿지와 후렴을 불렀다.

홀로 걸어가기에는 먼 길이지만
너와 함께 걸어가면 나는 견딜 수가 있어
절망하여 말라버린 거친 마음에
비를 내려준 너를
영원히 사랑해
함께하기로 해
이제 저 먼 길이 두렵지 않아
잊지 마
너의 곁엔 언제나
함께 걸어가는 내가 있다는 걸

무대가 끝났다. 조용히 노래에 집중했던 관객들은 일제히 박수갈채를 보내며 터틀스를 연호했다. 다시 무대로 나온 사회자가 형우에게 말했다.

"이렇게 감동적인 선물을 받은 여자친구가 무대로 나오지 않는다는 건 말이 안 되지요. 안 그렇나요, 여러분!"

관객들 모두 사회자의 말에 호응했다. 드럼 스틱을 놓은 정희가 이마에 맺힌 땀을 닦으며 수연에게 말했다.

"수연아, 이제 피할 수 없다는 것 알지?"

수연은 자리에서 일어나 무대 중앙으로 향했다. 형우의 표정이 환해졌다. 객석 곳곳에서 둘의 모습을 담으려는 휴대폰 카메라 셔터음이 들려왔다. 누군가가 장난스러운 목소리로 키스하라고 외쳤다. 외침은 순식간에 객석 전체로 번졌다. 객석의 반응에 당황한 수연의 입술 위로 형우의 입술이 포개졌다. 수연은 갑작스러운 형우의 키스에 놀랐지만 이내 눈을 감고 형우를 안았다.

그 모습을 바라보던 성대가 대혁을 보며 쓴웃음을 지었다.

"우리가 아무래도 남 좋은 일만 시킨 것 같다. 대균이가 형우에게 보컬을 양보할 땐 그냥 그러려니 했는데, 저렇게 그림이 나오는 걸 보니 괜히 약 오르네. 안 그러냐?"

성대의 말에 대혁도 쓴웃음을 지었다. 악기를 다루는 일이 익숙하지 않아 합주에서 빠졌던 지훈이 꽃다발을 들고 무대에 나타났다. 지훈은 형우에게 꽃다발을 전달했다.

"이런 날에 꽃다발이 빠지면 서운하지 않겠냐?"

형우는 한쪽 무릎을 꿇으며 지훈에게서 넘겨받은 꽃다발을 수연에게 내밀었다. 수연이 꽃다발을 받으며 형우를 일으켜 세우자 형우가 환하게 웃으며 수연을 안았다. 형우가 지나치게 힘을 줘서 안아 숨이 막혔지만 수연은 그 느낌이 싫지 않았다.

Book OST「With」

입영 전야

2학기가 시작된 첫날 오후, 급하게 뛰어온 지훈이 터틀스 동아리방 문을 열며 숨을 헐떡였다. 갑작스러운 상황에 모두의 시선이 지훈에게 집중됐다. 지훈은 숨을 고르며 베이스를 연습하고 있던 성대에게 다가갔다.

"성대야, 혹시 소식 들었어?"

성대는 무슨 소리인지 모르겠다며 고개를 갸웃거렸다.
지훈은 답답하다는 듯 목소리를 높였다.

"대혁이 소식 들은 것 없어? 너와 수연이는 대혁이랑 같은 과 동기잖아? 이 사람들 정말 무심하네!"

그렇지 않아도 2학기 첫 전공 수업에 대혁의 얼굴이 보이지 않아 의아하게 여기던 차였다. 필수 전공 수업인데도 출석을 부를 때 대혁의 이름이 불리지 않았다. 수연에게 대혁의 소식을 물었지만 수연도 아는 게 없었다. 성대가 다급하게 묻자 지훈은 숨을 고르며 말했다.

"실은 아까 지하철 안에서 우연히 대혁이를 만났어. 그런데 대혁이의 머리카락이 짧게 깎여 있더라. 그냥 자르고 싶어서 잘랐다고 말하기에 별생각 없이 넘겼는데, 아무래도 느낌이 이상한 거야. 대혁이 혹시 군대 가는 거 아냐?"

성대는 바로 대혁에게 전화를 걸었다. 대혁의 전화기는 꺼져 있었다. 지훈과 성대의 대화를 듣던 상균이 회원명부를 꺼냈다. 상균은 성대에게 회원명부에 적힌 대혁의 집 주소와 전화번호를 가리켰다.

"무슨 상황인지 파악이 안 되면 일단 집에 전화 걸어 물어봐. 전화를 받지 않으면 저녁에 집 주소로 찾아가보도록 하고."

성대는 회원명부에 적힌 대혁의 집 전화번호로 전화를 걸었다. 얼마간의 신호음이 들린 후 누군가가 전화를 받았다. 성대는 상대방에게 자신을 소개하며 대혁의 집이 맞는지 물었다. 전화를 받은 사람은 대혁의 형이었다. 성대가 대혁의 행방을 묻자 그는 황당하다는 목소리로 반문했다.

"대혁이가 친구들에게 군대 간다고 말하지 않았나요?"
"네? 군대요?"

성대가 놀라 소리치자 동아리방에 모여 있던 멤버들 모두 할 말을 잃은 채 서로의 얼굴만 바라봤다. 성대는 대혁의 형에게 회원명부에 적힌 집 주소가 맞는지 확인한 뒤 대혁의 귀가 시간을 물었다. 대혁은 오후 8시쯤 귀가할 예정이었다. 성대는 전화를 끊으며 짜증 섞인 목소리로 투덜거렸다.

"이 자식 슬슬 마음에 들지 않으려고 하네. 도대체 언제 신체검사를 받고 입대 지원을 한 거야? 마음에 들지 않아도 그냥 보낼 순 없는 노릇이니 저녁에 시간 되는 사람은 대혁이네 집으로 찾아가보도록 합시다."

오후 8시. 필국을 비롯한 선배 몇 명과 1학년 멤버 모두가 대혁의 집 앞에 모였다.

대혁의 집은 한눈에 봐도 세월의 흔적이 많이 묻어나는 낡은 단독주택이었다. 9월이 왔는데도 날씨는 여전히 가을보다 여름을 닮아 있어 더위가 가시질 않았다. 담벼락에 기대어 전자담배를 빨며 주위를 살피던 필국의 시선이 멈췄다. 필국은 담배 연기를 내뿜으며 1학년 멤버들에게 지시했다.

"저기 무단 이탈자가 온다. 빨리 잡아들여라."

집으로 천천히 걸어오던 대혁은 터틀스 멤버들의 갑작스러운 방문에 놀라 걸음을 멈췄다. 대균은 짝다리를 짚은 채 대혁을 가리키며 소리쳤다

"네가 군대빵을 피할 수 있을 줄 알았냐? 얘들아, 덮쳐!"

성대가 달려가 대혁을 껴안고 넘어졌다. 그 위로 탑처럼 여러 몸이 쌓였다. 대혁과 함께 맨 밑에 깔려 있던 성대가 살려달라며 구슬프게 비명을 질렀다. 대혁의 집과 멀지 않은 호프집에 터틀스 멤버들이 모였다. 대혁이 테이블 구석 자리에 앉으려 하자 필국은 대혁의 목덜미를 잡아끌며 테이블 가운데 자리에 앉혔다. 이어서 필국은 대균과 형우를 대혁의 양 옆자리에 배치했다.

"덩치가 있는 너희 둘이 옆에서 감시해야 저놈이 도망가지 못하지. 감시 잘해라!"

맥주잔이 차례로 채워지자 필국이 일어나 건배를 외쳤다. 대혁은 짧게 자른 머리를 긁적이며 어색하게 웃었다. 대균은 대혁에게 어깨동무하며 맥주잔을 기울였다.

"입장 바꿔 생각해봐. 내가 입대하면 너는 나 몰라라 할 거야? 동아리에 동기가 없는 것도 아니고. 네가 이렇게 행동하면 우리를 무시하는 꼴밖에 안 된다. 이러면 정말 섭섭하지."

대혁은 미안한 듯 얼굴을 붉히며 말했다.

"괜한 부담을 주고 싶지 않아 조용히 입대하려고 했는데 기분이 상했다면 미안해. 선배들께도 정말 죄송해요."

상균이 맥주잔을 한 번에 비우며 쓴웃음을 흘렸다.

"부담을 주기 싫었다고? 너 때문에 내 부담이 더 커지게 생겼다. 메인 기타에 너를 박아 넣고 은퇴할 생각이었는데 계획이 다 틀어졌잖아! 에라! 나는 모르겠다! 몸 건강히 잘 다녀와!"

형우가 상균의 빈 맥주잔을 채우며 대혁에게 물었다.

"그런데 왜 이렇게 빨리 입대하는 거야? 이유가 있을 것 아냐?"

"빨리 다녀와야 나중에 여유도 있고 시간도 벌 수 있을 것 같아서."

정희가 남은 맥주잔을 비우고 대혁에게 서운함을 드러내며 말했다.

"그래도 1학년은 마치고 가지. 너 제대하고 나면 남자 동기들은 몰라도 나와 수연이는 고학년이어서 취업 준비를 해야 할 텐데 얼마나 더 얼굴을 볼 수 있겠어. 너무 급하게 가니까 서운하다. 서로 많은 이야기도 나누지 못했는데."

수연도 정희의 말에 고개를 끄덕이며 동의했다. 대혁은 말없이 맥주잔을 비웠다. 입대 일자는 5일 후였다. 필국은 빈 맥주잔을 채우며 대혁에게 어디로 입영하는지 물었다. 대혁은 1사단 신병교육대라고 답했다. 상균이 쥐포를 뜯으며 무심하게 질문했다.

"내가 갔던 곳이네. 그날 같이 갈 사람은 있고?"

"그냥 혼자 가려고요."

상균은 자신의 맥주잔을 대혁의 잔에 부딪히며 대혁의 얼굴을 살폈다. 대혁은 상균의 눈빛을 살짝 피하며 고개를 숙였다.

"거기 혼자 가면 진짜 외로운데. 얘들아. 1사단 신교대는 파주에 있으니까 서울에서 그리 멀지 않아. 경의선 타면 금방이다. 그날 시간 되는 사람은 대혁이랑 같이 가서 점심이나 먹고 와라. 회장님께서 알아서 지원금을 내놓으시겠지."

필국이 헛기침하며 맥주잔을 기울였다. 모두 각자의 일정을 확인한 결과, 그날 수업을 빼지 않고 대혁과 훈련소에 함께 갈 수 있는 사람은 수연과 성대 둘뿐이었다. 성대는 수연과 대혁의 얼굴을 차례로 바라보며 헛웃음을 흘렸다.

"초등학교 동창이란 인연이 이렇게 질기다. 얼마나 질긴지 확인해보지 뭐. 회장님께선 지원금이나 두둑이 챙겨주시죠."

성대의 말을 들은 필국이 재차 헛기침하며 가방을 뒤졌다. 필국은 가방에서 작은 상자를 꺼내 대혁에게 건넸다.

"선배, 이게 뭐예요?"

"뭐긴? 네가 입소하면 당장 필요해질 물건."

대혁이 천천히 상자의 포장을 뜯었다.

상자 속엔 전자시계가 들어 있었다.

"비싼 물건 아니니까 막 써도 된다. 나도 예전에 썼던 물건인데 무슨 짓을 해도 고장이 안 나더라. 불사조야. 배터리를 갈지도 않았는데 지금도 시계가 돌아간다."

대혁이 말없이 진심으로 감사하다는 표정을 지었다.

그 모습을 본 성대가 맥주잔을 들고 일어나며 외쳤다.

"어울리지 않게 신파극을 찍네. 박대혁! 잔이나 들어. 선배들도 어서 잔을 드시고요. 대혁이의 건강한 군 생활을 위하여!"

5일 후 용산역. 성대는 약속 시각인 오전 9시보다 조금 일찍 역 앞에 도착해 수연과 대혁을 기다리며 주위를 살폈다. 머리를 짧게 자른 또래 남자 몇몇이 주변을 스치고 지나갔다. 그들 또한 대혁처럼 신병교육대에 입소하기 위해 문산역으로 가는 경의선 열차를 타러 온 듯했다. 성대는 자신에게도 언젠가 이런 시간이 온다는 사실이 믿기지 않았다.

성대는 올해 초 군에서 제대해 복학한 형의 모습을 떠올렸다. 형이 제대하던 날이었다. 성대는 형에게 왜 이렇게 빨리 제대했느냐고 농담처럼 물었다가 꽤 잔소리를 들었다.

그날 형에게 들은 잔소리 중 한마디는 아직까지도 성대의 머릿속에 선명하게 남아 있다.

"자신의 힘든 시간은 더디게 흘러가고 남의 힘든 시간은 빠르게 흘러가는 법이야. 너도 멀지 않았다. 그날이 오면 지금 내 모습이 진심으로 부러울걸?"

누군가가 성대의 등을 두드렸다. 뒤돌아보자 멋쩍은 미소를 지으며 인사하는 대혁이 서 있었다. 대혁의 뒤로 수연이 다가오는 모습이 보였다. 둘의 도착을 확인한 성대가 역사 쪽으로 발걸음을 돌리자 수연이 붙잡았다.

"잠깐만! 정희도 곧 올 거야."

대혁이 손가락으로 수연의 뒤를 가리켰다. 정희가 뛰어오는 모습이 보였다. 역 앞에 도착한 정희가 숨을 고르며 대혁에게 손을 흔들었다.

"헉헉! 많이 안 늦었지? 대혁이 너는 뭘 그렇게 심각한 표정을 짓고 있냐. 교양 수업 쨌어. 크게 신경 안 써도 돼."

열차 승객 상당수는 대혁처럼 신병교육대로 가는 사람들과 그 일행이었다. 차창 밖으로 허허벌판인 풍경이 이어졌다. 대혁은 말없이 그 모습을 눈에 담았다. 수연은 그런 대혁의 모습이 쓸쓸하게 느껴져 말을 붙이려다 말았다. 성대가 대혁의 옆구리를 찌르며 침묵을 깼다.

"대혁아, 기분 어떠냐?"

대혁은 잠시 성대에게 눈길을 주다가 다시 차창 밖으로 고개를 돌렸다.

"기분이랄 게 뭐 있겠어. 그곳도 똑같이 사람 사는 곳인데 편하게 생각해야지. 그곳에서 정신없이 훈련을 받다 보면 이런저런 잡생각도 정리되지 않을까 싶다."
"잡생각?"

대혁은 성대의 물음에 대꾸하지 않고 차창 밖 풍경만 바라봤다. 정희가 무언가 생각났다는 듯 가방을 뒤적거렸다. 가방에서 꺼낸 물건은 폴라로이드 카메라였다.

"폴라로이드 카메라로 사진을 찍으면 스마트폰이나 디카로 찍은 사진보다 아련한 느낌이 들어서 좋아. 폴라로이드 카메라로 찍은 사진은 세상에 오직 한 장뿐이잖아. 뭔가 애틋한 느낌도 들고."

열차는 한 시간 남짓 달려 문산역에 도착했다. 신병교육대는 역에서 약 4킬로미터 떨어진 곳에 있었다. 성대는 택시를 잡아 대혁을 조수석에 태우고, 자신은 뒷자리 왼쪽 좌석을 차지했다. 뒷좌석이 꽉 찼다.

"자리가 좁아도 조금만 참아줘."

택시는 10분가량 달려 신병교육대 앞에 도착했다. 조금 전까지만 해도 담담한 표정을 유지하던 대혁의 표정이 굳어졌다. 근처 식당으로 들어가기 전에 정희가 사진 촬영을 제안했다.

"같이 밥을 먹는 것도 좋지만 조금 여유를 갖고 사진을 찍어 대혁이에게 주고 싶어서."

정희의 말에 모두가 동의했다.

정희는 마침 지나가던 사람을 붙잡아 단체 사진을 찍어 달라고 부탁했다. 셔터음이 울림과 동시에 카메라에서 필름이 빠져나왔다. 정희는 필름의 하얀 모서리를 잡고 흔들었다. 필름에 조금씩 색이 입혀지며 상이 떠오르자 수연과 성대가 감탄사를 토했다. 정희는 사진이 촬영된 필름을 대혁에게 건네며 말했다.

"단체 사진을 찍었으니 독사진과 투샷도 찍어야 하지 않겠어?"

먼저 성대가 대혁의 옆에 섰다. 정희는 대혁에게 웃으라고 주문했지만 대혁은 제대로 웃지 못하고 표정을 일그러뜨렸다. 갑자기 성대가 대혁의 겨드랑이에 간지럼을 태웠다. 성대의 손을 피한 대혁이 어이없다는 표정을 지었고, 정희는 그 모습을 놓치지 않았다. 필름에 담긴 둘의 모습은 코미디의 한 장면처럼 매우 우스꽝스러웠다. 사진을 본 대혁의 표정에도 살짝 웃음이 번졌다.

성대에 이어 정희가 대혁의 옆에 섰다.
사진에 담긴 대혁의 웃음은 조금 전보다 자연스러웠다.
그리고 마지막으로 수연이 대혁의 옆에 섰다.
카메라 렌즈를 들여다보던 성대가 수연에게 주문했다.

"둘이 떨어져서 나란히 서 있기만 하니 생판 모르는 남 같
아 보여 어색하다. 조금 더 옆으로 붙어!"

수연이 대혁의 옆에 조금 더 가까이 붙어 왼팔을 잡았다.
성대가 수연에게 오케이 사인을 보내며 셔터를 눌렀다.

유리벽

"수연아, 너는 나를 사랑하니?"

수연은 며칠 전 형우가 던진 느닷없는 질문을 곱씹었다. 그날 형우와 함께 대학로에서 연극을 본 후 거리를 거닐던 수연은 실소하며 무슨 그런 질문을 하느냐고 반문했다. 형우는 걸음을 멈추고 굳은 표정으로 수연의 눈을 바라봤다.

"나는 네게 어떤 사람이니?"

수연은 당황하며 대답을 얼버무렸다.

"너는, 언제나 항상 내 편이 돼줄 수 있는 좋은 사람이지. 이젠 정이 들어 가족처럼 느껴지기도 하고. 왜 갑자기 그런 질문을 하는 건데?"

형우는 거리를 지나가는 연인들을 훑어보며 수연에게 말했다.

"저 커플의 생각도 너와 같을까?"
"난 네가 도대체 무슨 의도로 내게 그런 질문을 하는지 모르겠어."

형우는 한숨을 쉬며 고개를 숙였다.

"너와 나 사이에 마치 투명하고 두꺼운 벽이 존재하는 것 같아. 함께 있어도 가끔 네가 너무 멀게 느껴질 때가 있어. 너는 그런 느낌 안 드니? 가끔 나는 네게 연인인지, 남들보다 조금 더 가까운 친구인지 잘 모르겠어. 난 네게 조금 더 특별한 존재가 되고 싶어."

특별한 존재…… 형우가 말한 특별한 존재가 무슨 의미일까. 현관문에서 벨 소리가 울렸다. 벨 소리에 놀란 수연이 인터폰을 확인했다.

오랜만에 집에 잠시 들르기로 했던 사촌 언니 세연이었다. 수연은 반가운 마음에 급히 현관문을 열었다.

"언니!"
"얘는 무슨 이산가족 상봉도 아니고 왜 이렇게 반가워해?"
"거실에서 기다려. 내가 커피랑 간식 챙겨서 가지고 갈게."

거실 탁자에 놓인 수연의 휴대폰에서 알림음 소리가 났다. 메시지 도착을 표시하는 휴대폰 바탕화면에 수연과 형우의 사진이 떴다. 세연은 휴대폰을 들어 수연과 형우의 사진을 살펴보며 웃었다.

"저번에 말한 남자친구니? 잘생겼네."
"그렇지? 같은 동아리에서 만났어."
"어떻게 만나 서로 사귀게 된 거야?"

수연은 지난 화이트데이 때 형우에게서 선물을 받은 일부터 시작해 고3 시절부터 시작된 형우와의 인연, 형우가 자신 때문에 일부러 같은 대학교에 입학한 사연, 첫 엠티에서 있었던 형우의 고백, 축제 때 형우가 공연에서 자신을 위해 노래를 불러준 일들을 세연에게 이야기했다. 세연은 눈을 크게 뜨며 수연의 이야기에 감탄했다.

"못 만난 사이에 정말 많은 일이 있었네. 그 친구가 너를 정말로 좋아하긴 좋아하나 보다. 김수연, 부러운걸?"

수연은 세연의 말에 긴 한숨을 쉬었다.

"그런데…… 나는 걔를 사랑하는 걸까?"
"왜? 둘이 싸웠니?"

수연은 고개를 흔들었다. 생각해보니 수연은 형우와 한 번도 가벼운 말다툼조차 해본 일이 없었다. 그 말을 들은 세연이 수연에게 형우를 어떻게 생각하는지 물었다. 수연은 세연이 형우와 똑같은 질문을 하자 몸을 움찔했다.

"편안함? 든든함? 잘 모르겠어. 걔가 며칠 전에 언니하고 똑같은 질문을 했었어."

수연은 힘없는 목소리로 세연에게 며칠 전 형우와 나눴던 이야기를 털어놓았다. 수연의 이야기를 다 듣고 나서 세연은 미간을 찡그렸다.

"넌 걔를 어떻게 생각하니? 사랑하니?"
"언니까지 무슨 뚱딴지같은 소리야?"

세연이 수연에게 자신의 왼손을 흔들어 보였다.

"너는 왼손으로 네 이름을 똑바로 쓸 수 있니? 왼손잡이가
아니라면 어려울 거야. 내 몸에 붙어 있는 것도 내 마음대로
안 돼. 자신의 감정을 제대로 들여다보고 파악하기가 생각보
다 쉽지 않아. 네가 사랑이라고 여기는 감정이 네 남자친구가
생각하는 사랑과 다를 수도 있어. 사랑은 정情이라는 것과 종
종 헷갈리는 감정이거든."

"사랑과 정의 차이가 뭔데?"

"이런 표현이 어울릴지 모르겠다. 내 경험상 사랑은 설레는
감정이고 '하는' 것이라면, 정은 편안한 감정이고 '드는' 것이
더라. 어디까지나 내 생각이니까 너무 진지하게 받아들이진
말고."

수연은 세연의 말을 듣고 자신이 형우에게 가진 감정이
무엇인지 더욱 혼란스러워졌다. 세연은 수연의 표정을 살
피며 조심스럽게 말했다.

"사랑과 정이 완전히 다른 감정이란 얘기는 아냐. 사랑이 오
래되면 정으로 변할 수도 있고, 정이 오래되면 사랑으로 변할
수도 있으니까. 첫눈에 반해 매일 보고 싶고 아무리 피곤한 새
벽이라도 뛰어나가서 만나고 싶은 마음만 사랑인 건 아니더

라. 서로 다른 사람이 만나 서로 다른 사랑을 하고 서로 다른 이별을 하는데, 사랑은 이런 것이라고 한마디로 정의 내릴 수 있다는 게 말이 되니?"

수연은 휴대폰에 담긴 형우의 사진을 바라보며 깊은 한숨을 내쉬었다.

"나는 얘를 좋아해. 그건 분명해. 그런데 잘 모르겠어. 그게 사랑인지 아닌지."

세연이 살며시 수연의 손을 잡았다.

"서로 주고받는 사랑의 양이 같다면 이상적이겠지. 하지만 세상에 그런 사랑은 잘 보이지 않아. 어느 쪽으로든 한쪽으로 기울어지기 마련이더라. 사랑을 더 주고 덜 받는 일이 쌓이면 마음에 반드시 상처를 입게 돼. 사랑을 더 많이 받는 사람은 그게 당연한 일처럼 느껴져서 상대방의 마음을 잘 파악하지 못해. 그러다가 서로 어긋나는 일이 흔해. 안타깝지만 사람 마음이 그래. 그래서 늘 후회하고."

"언니도 그랬던 경험이 있어?"

세연은 수연의 질문에 답을 피하며 손에 힘을 줬다.

"네가 어떤 감정으로 그 친구를 만나는지 모르겠지만 괜히 죄책감을 가질 필요는 없어. 당장 마음에서 우러나오지 않는 감정을 억지로 끄집어낼 순 없으니까. 우선 네 감정을 더 깊이 들여다보도록 해. 아까도 말했지만 자신의 감정을 제대로 파악하기가 쉽지 않거든. 무엇을 선택하든 성급하게 선택하지 말고. 사랑을 사랑인 줄 모르고 지나쳐버린 후에야 사랑이란 사실을 깨닫는 것만큼 가슴 아픈 일도 없으니까."

초우

※ 초우初虞 : 장사 지낸 뒤 처음으로 지내는 제사.
혼령을 위하는 제사로, 장사 당일에 지낸다.

금요일 저녁, 성대는 집에서 한가하게 거실 소파에 앉아 영화를 보며 졸다가 전화벨 소리에 눈을 떴다. 필국이었다.

"지금 뭐 하고 있냐. 왜 이렇게 시끄러워? 밖이냐?"

성대는 텔레비전의 볼륨을 줄이며 시큰둥하게 말했다.

"부모님이 여행을 가서서 집에서 혼자 영화 보다가 졸았어요. 불금에 무슨 일이에요? 술 마시자고 부르는 전화면 사양합니다. 오늘은 그냥 늘어지고 싶어요."

필국은 다급한 목소리로 성대를 다그쳤다.

"급한 일이니 네 동기들한테 연락 좀 해라. 당장 급한 일 없으면 다들 사랑병원 장례식장으로 오라고."

성대는 장례식장이란 말에 놀라 텔레비전 전원을 껐다.

"장례식장? 무슨 일이에요?"

"송윤호 선배 알지? 동아리에 일 있을 때마다 늘 가장 먼저 챙겨주시던 선배. 그 선배 형수님이 지병으로 돌아가셨어. 주말 저녁을 방해해서 미안한데 부탁한다. 빨리 연락 돌려라."

성대는 통화를 마친 뒤 터틀스 1학년 멤버 단체 채팅방에 필국이 전달한 내용을 공지사항으로 올렸다. 장례식장으로 오지 못하는 멤버는 없었다. 한 시간 반 후 장례식장 앞에서 다 같이 만나 함께 빈소로 들어가기로 했다.

장례식장에 한 번도 발을 들여본 경험이 없는 성대는 무엇을 입고 가야 할지 몰라 고민하다가 아버지의 옷장을 뒤져 황급히 검은색 양복을 꺼내 입었다. 재킷의 소매는 짧고 바짓단은 길어서 옷걸이가 우스꽝스러웠지만 선택의 여지가 없었다.

약속 시각이 되자 터틀스 1학년 멤버들이 속속 모여들었다. 성대처럼 검은색 양복을 어색하게 입었거나 급하게 오느라 평상복인 채이거나 옷차림이 제각각이었다. 멤버들은 서로의 옷차림을 보며 피식 웃다가 빈소로 향했다. 빈소는 장례식장 지하 2층에 있었다. 빈소 앞에서 조의금을 받고 있던 필국이 1학년 멤버들을 보고 반색했다.

빈소 안에 상주로 서 있던 윤호가 참담한 표정을 애써 감추며 후배들을 맞았다. 성대를 비롯해 1학년 멤버들은 무엇을 해야 할지 모르겠다는 표정으로 서로의 얼굴을 바라봤다. 수연이 작은 목소리로 말했다.

"먼저 영정 앞으로 가서 향을 하나 피워 올린 뒤 절을 두 번 한 다음에 선배와 한 번 맞절하면 돼."

수연의 말에 모두가 안도하며 고개를 끄덕였다. 의도치 않게 일행의 맨 앞에 서게 된 수연이 향을 피워 올렸다. 이어 모두가 영정 앞에서 두 번 절한 뒤 윤호와 맞절했다. 맞절을 마친 윤호가 후배들에게 고마움을 전했다.

"다들 주말에 쉬고 있다가 늦은 시간에 연락받았을 텐데 정말 고맙다."

며칠 동안 잠을 제대로 자지 못한 듯 윤호의 얼굴에 피곤한 기색이 역력했다. 필국은 빈소에 마련된 식당의 빈자리로 후배들을 안내했다. 그때 건너편 빈소에서 날카로운 곡소리가 들려왔다. 곡소리가 들리는 곳으로 많은 사람의 시선이 집중됐다. 중년으로 보이는 여자가 악을 쓰듯 내는 곡소리는 다소 작위적으로 들렸다. 그녀는 곡소리에 앓는 소리를 섞다가 바닥에 쓰러지며 숨을 헐떡였다. 수연은 그 모습을 물끄러미 바라보며 아버지의 장례식 때 벌어졌던 일을 떠올렸다.

갑작스러운 아버지의 과로사에 수연의 가족은 슬퍼할 겨를도 없었다. 전업주부인 어머니는 어디에서 무엇을 해야 할지 감을 잡지 못해 우왕좌왕했고, 겨우 고등학생인 수연과 중학생인 수완은 나서서 할 수 있는 일이 없었다. 아버지의 직장 동료와 고등학교 동창들이 적극적으로 장례를 도운 덕에 수연의 가족은 겨우 한숨을 돌릴 수 있었다. 오히려 친가 친척들이 수연의 가족을 괴롭게 했다. 수연은 아버지가 친가 쪽의 반대를 무릅쓰고 어머니와 결혼했다는 이야기를 들은 터라 정황은 알고 있었다. 그 때문에 수연의 가족과 친가 쪽의 왕래는 드물었는데 어쩌다 명절에 모두 모여도 냉랭한 분위기가 연출되는 일이 잦았다.

수연의 어머니는 장례식장에서 단 한 번도 눈물을 보이지 않았다. 수연은 어머니가 겉보기와 달리 강단 있는 사람임을 아는 터라, 일부러 자식들 앞에서 약한 모습을 보이지 않는 것이라고 짐작할 뿐이었다.

친척들은 이런 어머니의 모습을 문제 삼았다. 독하다는 수군거림이 수연의 귀에까지 들릴 지경이었다. 어릴 때 보고 10년 만에 처음 보는 고모는 마치 어머니가 들으라는 듯 영정 앞에서 일부러 크게 곡소리를 내며 쓰러졌다. 그러고 나서 다른 친척들의 부축을 받아 식당에 앉은 고모는 언제 슬프게 곡을 했냐는 듯 아무렇지 않은 표정으로 육개장 그릇을 비웠다. 수연은 금방이라도 숨이 끊어질 듯 곡소리를 내며 울던 사람이 순식간에 표정을 바꿀 수 있다는 사실에 경악했다.

몇 년 후 고모는 수연이 대학에 진학할 때 뜬금없이 어머니에게 전화해 황당한 소리를 늘어놓기도 했다. 아버지도 없는데 애가 고등학교 졸업해서 취직이나 하게 해야지 왜 취직도 어려운 전공을 선택해 대학 진학을 시켰냐고 어머니에게 따졌다. 어머니와 수연은 고모의 딸이 재수에 이어 삼수에도 실패해 질투하는 모양이라며 웃어넘겼다.

장례식을 마친 후 집으로 돌아온 수연은 아버지의 부재가 믿기지 않았다. 밤마다 잠결에 희미하게 들리는 구둣발 소리가 아버지의 발소리인 줄 알고 잠에서 깨어난 일이 한두 번이 아니었다. 허탈한 마음에 방문을 열고 나오면 텅 빈 거실이 보였다. 소파에 앉아 텔레비전을 보다가 수연의 눈치를 보며 볼륨을 줄이던 아버지의 모습이 텅 빈 거실에 아른거렸다. 그때마다 수연은 아버지의 부재를 실감하며 침대에 엎드려 베개에 얼굴을 파묻었다.

어머니는 생계를 위해 보험설계사 일을 시작했다. 아버지의 사망보험금과 회사측이 제공한 위로금이 상당했지만 어머니는 그 돈을 수연과 수완의 교육비로만 쓰겠다고 못을 박았다. 가장이 된 어머니는 누구보다 부지런히 일했고 집안 분위기는 점차 안정을 찾아갔다.

아버지가 세상을 떠나시고 1년이 지난 뒤의 일이었다. 한밤중에 잠에서 깨어나 화장실로 향하던 수연은 희미한 울음소리를 듣고 놀라 걸음을 멈췄다. 아버지가 돌아가신 후 수연은 어머니가 우는 소리를 처음 들었다. 수연은 안방으로 들어가 어머니를 위로하려다가 발걸음을 돌렸다. 그 뒤로 수연은 한밤중에 잠에서 깨는 일이 잦아졌는데 그때마다 어머니의 흐느낌 소리를 들었다.

그러던 어느 날 밤, 수연은 살짝 열린 안방 문 틈새로 어머니의 모습을 들여다보았다. 어머니는 휴대폰을 붙잡고 울고 있었다. 누군가와 통화를 하는 것 같지는 않았다. 그 후로도 수연은 어머니가 홀로 휴대폰을 붙잡고 우는 모습을 종종 목격하곤 했다. 수연은 그런 어머니가 안쓰러웠지만, 한편으로는 자식들과 슬픔을 나누지 않는 어머니의 태도가 야속했다. 그런 날이 반복되자 답답함을 참지 못한 수연은 안방 문을 벌컥 열었다. 놀란 어머니는 눈물을 닦으며 휴대폰을 내려놓았다.

수연은 어머니에게 버럭 화를 냈다.

"엄마! 도대체 왜 매일 밤 혼자 휴대폰을 붙잡고 우는 거야!"

어머니는 아무 말도 하지 않았다. 수연이 화를 내는 소리에 놀란 수완도 깨어나 안방으로 달려왔다. 수연은 어머니의 손에서 휴대폰을 빼앗아 통화 목록을 확인했다. 통화 목록 맨 위에 찍혀 있는 수신자 이름은 '수연이 아빠'였다.

"왜 아빠 전화번호로 전화를 건 거야? 전화 해지한 것 아니었어?"

어머니는 수연을 외면하며 아무런 말도 하지 않았다. 수연은 어머니의 휴대폰 통화 목록에 찍혀 있는 아버지의 번호로 전화를 걸었다. 짧은 신호음이 이어진 뒤 전화가 음성사서함으로 연결됐다. 놀랍게도 아버지의 목소리가 들렸다. 전화를 받을 수 없으니 음성사서함에 메시지를 남겨달라는 짧은 인사말이 전부였다. 어머니는 아버지가 세상을 떠난 뒤에도 휴대폰을 해지하지 않고 매일 밤 전화로 그 인사말을 반복해 들어온 모양이었다. 모든 상황을 파악한 수연은 북받쳐 오르는 슬픔을 참지 못해 바닥에 엎드려 오열했다. 영문을 모른 채 수연이 오열하는 모습에 당황하던 수완도 휴대폰으로 아버지의 목소리를 듣고 흐느끼기 시작했다. 어머니가 수연과 수완을 끌어안았다. 세 사람은 서로를 붙잡고 밤새도록 울었다. 수연은 오열을 토해내면서 가슴속에 뭉쳐 있던 응어리가 서서히 풀리는 느낌을 받았다.

그날 수연은 곡을 하는 일이 죽은 자를 애도하는 과정일 뿐만 아니라 산 자를 위로하는 과정임을 어렴풋이 깨달았다. 정희가 수연의 옆구리를 찔렀다.

"뭘 그렇게 깊이 생각하고 있어?"

"아무것도 아니야. 빈소에 오니까 아빠가 돌아가셨을 때 생각이 나서."

정희는 턱으로 빈소에 서 있는 윤호를 가리켰다.

"윤호 선배 넥타이 봤어? 넥타이의 색과 무늬가 심히 발랄하더라. 좀 이상하지 않아?"

대균이 수연과 정희 사이에 끼어들었다.

"나도 아까 필국 선배에게 들은 이야기인데, 윤호 선배가 저 넥타이를 맨 이유가 있어. 형수님이 선배에게 마지막으로 준 선물이 저 넥타이라고 하더라."

대균의 말을 들은 정희가 빈소에 서 있는 윤호를 안타까운 눈빛으로 바라봤다. 수연도 윤호의 모습을 훑었다. 윤호는 피곤한 기색을 지울 수 없는 가운데에서도 애써 담담한 표정을 유지하고 있었다. 수연의 시선이 윤호의 손목에서 멈췄다. 윤호는 두 주먹을 굳게 쥐고 있었다. 윤호의 손목에는 굵은 힘줄 자국이 선명하게 드러나 있었다. 굳게 쥔 두 주먹이 미세하게 떨렸다.

아버지의 장례식에서 침착함을 유지하던 어머니의 모습을 떠올리며 수연은 윤호가 그때의 어머니처럼 슬픔을 속으로 삭인 채 소리 없이 울부짖고 있음을 알았다.

그리고 어머니가 그랬던 것처럼 윤호도 장례식이 끝난 뒤 홀로 깊은 슬픔 속에서 눈물 흘리리란 걸 알았다. 사랑을 할 수 있는 자격과 받을 수 있는 자격은 이별의 슬픔을 얼마든지 짊어질 준비가 돼 있는 사람에게만 주어지는 게 아닐까? 수연은 그런 슬픔을 감당할 자신이 없었다.

먼저 식당에 자리를 잡은 형우가 수연에게 들어오라고 손짓했다. 수연은 어색한 미소를 지으며 형우에게 손을 흔들었다. 형우에게 마음을 받기만 하고 제대로 주지 못하는 건 잘못된 일이 아닐까? 그 마음에 답을 하지 못한 채 형우의 곁에 머무르는 건 형우를 기만하는 일이 아닐까?

수연은 형우를 향한 자신의 감정을 사랑이라고 말할 수 있는지 자문했다. 수연은 답을 하지 못했다.

Book OST 「창백한 푸른 점」

모래성

혜화역은 언제나 붐볐다. 수연이 인파를 헤치며 혜화역 2번 출구로 나오자 먼저 도착한 형우가 수연을 보고 손을 흔들었다. 형우는 한국대 앞보다 대학로에서 수연과 만나는 걸 좋아했다. 자신이 학창 시절에 상상한 대학가의 모습과 대학로의 모습이 꽤 비슷하기 때문이란 게 이유였다. 수연도 대학로의 분위기가 마음에 들어 어지간하면 형우의 말을 따랐다. 여느 때처럼 혜화역 주변은 연극을 보러 오라며 오가는 커플을 붙잡는 호객꾼 때문에 시끄러웠다. 수연의 손을 잡은 채 호객꾼의 공세를 뚫고 지나가던 형우가 점집 앞에서 발걸음을 멈췄다.

"수연아, 우리 저기서 궁합이나 한번 볼까?"

수연은 손을 내저었다.

"좋은 얘기가 나와도 믿을 수 없고, 그렇다고 또 좋지 않은 얘기가 나오면 기분이 별로잖아. 그런데 뭐 하러 돈을 써. 그냥 가자."
"그냥 재미 삼아 보는 건데 뭐 어때."

수연은 내키지 않았지만 형우의 고집을 꺾진 않았다. 둘이 들어간 점집 천막 바깥으로는 그곳이 텔레비전에 출연한 곳임을 알리는 사진이 여럿 붙어 있었다. 젊었을 때 상당한 미모를 자랑했을 법한 중년 여성이 과장된 목소리로 둘을 환영했다. 그녀는 두 사람에게 각자의 사주를 물은 뒤 노트북에 입력했다. 그 모습이 미심쩍었던 수연이 물었다.

"요즘엔 노트북으로 점을 보나요?"
"못 미더워 보이죠? 숫자를 계산할 때 손보다 계산기가 정확하잖아요. 사주 계산도 손으로 쓰는 것보다 이렇게 하는 게 훨씬 빠르고 정확해요."
"첨단 기술과 가장 멀어 보이는 일에 첨단 기술을 활용하다니, 정말 신기한 세상이네요."

그녀는 수연의 말에 대꾸하지 않고 사주를 풀더니 곧이어 수연에게 아버지가 몇 년 전 갑자기 돌아가시지 않았느냐고 물었다. 깜짝 놀란 수연이 어떻게 알았느냐고 되묻자 그녀는 심드렁한 표정으로 아버지의 사인이 과로사가 아니었냐고 재차 물었다. 수연은 무거운 표정을 지으며 고개를 끄덕였다. 그녀는 수연에게 아버지가 앞길을 다 정리해놓은 덕분에 앞으로 취직과 결혼도 무탈하게 이뤄질 것이라고 덕담을 전했다.

수연은 그 말을 진심으로 믿진 않았지만 어쩐지 위로가 됐다. 이어 그녀는 형우의 운세를 살피면서 가까운 사이가 아니면 알 수 없는 내밀한 가족사까지 술술 털어놓았다. 형우의 증조할머니가 증조할아버지의 후처란 사실은 형우도 최근에야 알게 된 사실이었으니 말이다.

"나중에 취직할 때 조금 고생하겠지만 좋은 자리에 취직할 테니 인내심을 가지세요. 애정운도 좋으니 기관지 건강만 조금 더 신경 쓰시고."

"제가 기관지가 좋지 않다는 걸 어떻게 알았죠? 정말 용하시네! 수연아, 우리 둘 다 애정운도 좋고 결혼도 문제없다고 하신다. 기분 좋지?"

형우는 활짝 웃으며 복채를 건넸다. 복채를 지갑에 갈무리한 그녀는 바로 근처의 사주카페 간판을 가리키며 형우에게 말했다.

"참고로 저 집이 저보다 훨씬 실력이 좋아요. 조금 더 자세히 알고 싶으면 저 집으로 가봐도 좋고."

그녀가 수연에게 장난기 머금은 야릇한 미소를 보이자 수연은 뭔가 찜찜한 기분으로 어색하게 웃었다.

소개를 받고 도착한 사주카페는 간결하면서도 세련된 분위기를 연출하는 블랙 앤 화이트 인테리어가 인상적인 곳이었다. 형우는 아르바이트생에게 아이스 아메리카노 두 잔을 주문하며 사주 서비스를 요청했다. 조금 전 만난 역술인과 비슷한 또래로 보이는 중년 남자가 수연과 형우가 앉아 있는 테이블로 다가왔다. 형우는 창밖으로 보이는 점집을 가리키며 그에게 이곳을 찾은 이유를 밝혔다.

잠시 창밖을 바라보던 그가 두 사람에게 사주를 물었다. 그는 낡은 공책의 빈 페이지에 무언가를 써 내려가다가 고개를 갸웃거렸다. 형우가 궁금함을 참지 못하고 조심스럽게 질문했다.

"저 아랫집에서 저와 여자친구 모두 취업운과 애정운이 좋다는 말을 들었는데 정말인가요?"

형우의 말에 그는 실소를 터뜨리며 다시 창밖을 내다봤다.

"뭐라고요? 저 여자가 이번에는 장난이 좀 지나쳤네. 맞습니다. 남자분의 애정운도 좋고 여자분의 애정운도 좋습니다. 그런데 말이죠."

그는 무언가 더 말하려다 뜸을 들였다. 형우가 눈빛으로 대답을 재촉했다. 그는 형우와 수연의 눈을 번갈아 바라보며 깊게 한숨을 내쉬었다.

"솔직하게 제 풀이를 말씀드리겠습니다. 서로 짝은 아니네요. 저 아래 여자도 두 분께 각각 애정운이 좋다고만 말했지 두 분 사이의 애정운이 좋다는 말은 하지 않았을 겁니다. 제 말 맞죠?"

형우는 당혹감을 감추지 못했다. 수연도 말장난 같은 그의 대답에 당혹스럽긴 마찬가지였다. 그가 다시 짧게 한숨을 쉰 후 말을 이었다.

"아무래도 저 아랫집 여자가 저와 두 분께 장난을 좀 심하게 친 것 같으니 제 이야기를 해드리는 게 좋겠네요. 사실 저는 젊었을 때 저 여자를 좋아했습니다. 미친 듯이 말이죠."

그의 지칠 줄 모르는 애정 공세에도 불구하고 그녀는 끝까지 그를 받아들이지 않은 모양이었다. 그녀는 자신의 팔자에 남자가 없으니 쓸데없이 애쓰지 말라고 그에게 충고를 반복할 뿐이었다. 그녀의 말을 받아들일 수 없었던 그는 직접 명리학 공부에 뛰어들었다. 정말로 운명이란 게 있는지 확인하고 싶었기 때문이다. 놀랍게도 그가 풀이한 그녀의 사주 또한 그녀의 말과 같은 결과를 보여줬다.

"명리학은 사람이 태어난 연, 월, 일, 시를 근거로 길흉화복을 예측하는 학문입니다. 학문이란 말이 어떻게 들리실지 몰라도, 저는 제 일이 미신이 아니라 학문에 가깝다고 생각합니다. 명리학은 사주를 통해 드러나는 확률을 바탕으로 미래를 예측한다는 점에서 통계학과 비슷한 점이 많습니다. 세상사에 100퍼센트 정해진 일이란 없다고 생각합니다. 하지만 확률을 무시하기도 어렵죠. 실패할 가능성이 90%인데 성공할 가능성 10%만 믿고 도전하는 것은 무모하고 어리석은 일이니 말입니다."

형우는 그에게 왜 그녀의 점집과 가까운 곳에서 사주카 페를 운영하고 있느냐고 따져 물었다. 그가 창밖을 바라보며 담담하게 대답했다.

"제가 어리석어서 그런지 미련이 그리 쉽게 버려지진 않더군요. 실패를 예측해 쓸데없는 도전을 피하는 게 인지상정이지만, 실패를 뻔히 알면서도 도전을 피하지 않는 것 또한 사람 마음입니다. 이쯤 되면 저 여자도 저를 봐줄 줄 알았는데 여전하네요. 두 분을 괜히 저와 저 여자 사이의 일에 끼어들게 해 죄송합니다."

사주 서비스가 끝난 후 형우는 어색해진 분위기를 전환하고자 생맥주 두 잔을 주문했다. 수연은 굳은 표정을 펴지 못했다.

형우는 맥주가 나오자마자 한 번에 잔을 비웠다. 형우의 얼굴에 살짝 취기가 돌았다. 형우는 생맥주 한 잔을 더 주문하며 억지로 호탕하게 웃었다.

"김수연! 뭘 그렇게 심각하게 고민해? 아까 네 말대로 믿을 수 없는 이야기잖아. 안 그래? 시원하게 맥주나 마시고 나가자. 바람이 선선하고 좋더라."

수연은 창밖을 내려다보며 한숨을 쉬다가 말했다.

"형우야, 아무래도 더 늦기 전에 말하는 게 좋을 것 같아."

형우가 들고 있던 맥주잔을 천천히 테이블에 내려놓았다. 수연은 더 말을 잇지 못했다. 형우는 맥주잔에 맺힌 물기를 휴지로 닦으며 무거운 목소리로 말했다.

"조금 전에 사주를 본 게 신경 쓰여서 그래? 네 말대로 오지 말았어야 했는데, 미안해. 내가 괜한 짓을 했어. 정말 미안해."
"사주 때문에 그런 게 아니야."

둘 사이에 침묵이 오갔다. 수연은 침묵 속에서 팽팽한 긴장감을 느꼈다. 침묵이 길어지면서 보이지 않는 긴장감의 강도도 점점 커졌다. 터질 것 같은 긴장감을 견디지 못하고 먼저 입을 연 쪽은 형우였다.

"왜 그럴까. 나는 너와 함께 있으면 좋은데 점점 외로워지는 느낌을 받아. 이런 말이 어리석게 들릴 테지만, 이렇게라도 내가 너에게 특별한 사람이란 걸 확인받고 싶었어. 대학로에서 돈 받고 가볍게 보는 점집이라서 좋은 말만 해줄 줄 알았는데 완전히 오해였네. 내 실수야."

말을 마친 형우는 손을 떨었다.

내가 무슨 대단한 존재라고 형우를 저렇게 비참하게 만드는 거지? 이러면 안 되는 거잖아. 수연은 형우의 떨리는 손을 보고 눈을 질끈 감았다. 형우가 더욱 조심스러운 말투로 물었다.

"혹시 내가 너한테 뭐 잘못한 거라도 있니? 그런 게 있다면 솔직히 이야기해주면 안 될까? 너도 알지만 내가 눈치가 별로 없잖아. 잘못이 있다면 내가 꼭 고칠 테니까."
"네 잘못은 아무것도 없어. 모두 내 잘못이야."

수연이 형우의 말을 끊었다.
수연의 반응에 답답해진 형우가 언성을 높였다.

"내가 아니라 너한테 문제가 있다고? 그러면 아무런 문제도 없는 거잖아! 네 문제는 내게 아무런 문제가 되지 않으니까! 나만 잘하면 되는 거잖아!"

수연의 눈가에 눈물이 고였다. 수연은 옷소매로 뺨을 타고 흐르는 눈물을 훔치며 단호하게 말했다.

"너를 향한 내 감정이 사랑인지 잘 모르겠어. 아니, 사랑이 아닌 것 같아! 그런데 내가 너의 마음을 받기만 하는 게 옳은 일일까? 그건 너를 속이는 꼴밖에 안 되잖아. 네게 제대로 마음을 주지 못해 너를 외롭게 하는 게 과연 옳은 일일까? 네 잘못은 없어. 모두 내 잘못이야. 그러니까…… 우리 그만 만나는 게 좋을 것 같아."

그 이후 벌어진 일들은 드라마에 나오는 연인들의 구질구질한 이별 장면과 크게 다르지 않았다. 수연이 먼저 자리에서 일어나자 형우는 수연을 붙잡으며 이대로 떠나지 말아달라고 애원했다. 수연이 형우의 손을 뿌리치며 돌아서자 형우는 뭐든 자신이 잘못했다며 무릎을 꿇었다. 사주카페에 있던 손님들의 시선이 모두 두 사람에게 쏠렸다. 수연은 자신이 빨리 그 자리를 떠나야 형우가 진정할 것이란 생각에 다시 발걸음을 뗐다. 형우가 수연의 이름을 외치며 절규했다. 수연은 그 소리를 애써 외면하며 사주카페를 빠져나와 지나가던 택시를 잡아탔다.

수연의 휴대폰 벨 소리가 울렸다. 형우였다. 수연은 휴대폰의 전원을 껐다. 그리고 집으로 돌아와 방문을 굳게 닫고 침대에 쓰러진 채 베개에 얼굴을 파묻고 울다가 지쳐 잠에 빠져들었다.

그날 밤 수연은 꿈을 꿨다. 꿈속에서 수연은 형우와 함께 들판에서 네잎클로버를 찾고 있었다. 한참 동안 뒤져도 네잎클로버를 찾지 못한 수연은 숲으로 향했다. 형우가 수연에게 숲으로 깊이 들어가면 안 된다고 만류했다. 형우의 만류를 뿌리치고 숲속 깊이 들어간 수연은 곧바로 네잎클로버를 발견했다. 빨리 숲을 빠져나오라고 다급하게 외치는 형우에게 수연은 네잎클로버를 몇 개만 더 찾은 뒤 가겠다고 소리쳤다. 숲을 헤치며 더 깊이 들어갈수록 더 많은 네잎클로버가 눈에 들어왔다. 수연은 두 손으로 쥘 수 없을 만큼 많은 네잎클로버를 꺾은 후에야 뒤를 돌아보며 형우를 불렀다. 형우는 아무런 대답을 하지 않았다. 다급해진 수연은 숲에서 빠져나와 형우를 찾았지만 들판 어디에도 형우의 모습은 보이지 않았다. 아무리 애타게 소리쳐 불러봐도 형우의 대답은 들리지 않았다.

꿈에서 깨어난 수연은 급히 휴대폰의 전원을 켰다. 수십 통의 부재중 전화 기록이 남아 있었다. 모두 형우의 전화였다. 음성메시지도 몇 개나 됐다.

수연은 떨리는 마음으로 음성메시지를 확인했다. 술에 취한 채 수연을 찾는 형우의 애타는 목소리가 들렸다. 그 소리는 수연이 꿈속에서 형우를 찾던 소리를 닮아 있었다.

수연의 머릿속에 형우와 함께했던 수많은 일들이 주마등처럼 스쳐 지나갔다. 고등학교 시절 단과학원에서 처음 만난 자신에게 환한 미소를 지으며 인사하던 모습, 화이트데이 때 쑥스러운 표정으로 선물을 건네던 모습, 엠티 때 진실게임에서 고백하던 모습, 축제에서 자신을 위해 열창하던 모습, 그리고 많은 사람이 보는 앞에서 자신을 향해 무릎 꿇고 절규하던 모습. 수연은 가슴이 파르르 떨리고 왈칵 눈물이 솟아올랐다. 느닷없이 쏟아지는 눈물에 당황했지만 눈물을 멈출 수가 없었다. 자신도 모르는 사이 형우가 마음속 깊이 스며 있었다는 사실에 새삼 놀란 수연은 얼마 전 세연이 해준 말을 떠올렸다.

　"우선 네 감정을 더 깊이 들여다보도록 해. 아까도 말했지만 자신의 감정을 제대로 파악하기가 쉽지 않거든. 무엇을 선택하든 성급하게 선택하지 말고. 사랑을 사랑인 줄 모르고 지나쳐버린 후에야 사랑이란 사실을 깨닫는 것만큼 가슴 아픈 일도 없으니까."

　수연은 베개에 얼굴을 묻고 오열했다. 형우를 향한 자신의 감정 또한 사랑이었음을 형우의 부재를 통해 비로소 깨달았다. 수연은 눈물을 닦으며 형우에게 전화를 걸었다.

형우의 휴대폰 전원은 꺼져 있었다. 이후 여러 차례 다시 시도해보았지만 전원이 꺼져 있음을 알리는 사무적인 안내 메시지만 반복될 뿐이었다. 형우가 전화를 받지 않자 수연은 떨리는 목소리로 음성메시지를 남겼다.

"형우야, 정말 미안해⋯⋯ 사랑해⋯⋯ 그러니까 제발 전화 좀 받아줘."

수연이 다시 잠들었다가 깨어났을 때 벽시계 시침은 오전 10시를 넘어가고 있었다. 이미 수업 시작 시간을 한참 넘긴 뒤였다. 휴대폰엔 왜 수업에 들어오지 않느냐는 성대의 메시지만 수신돼 있고, 형우에게서 온 연락은 없었다.

커튼을 걷자 방 안으로 햇볕이 쏟아져 들어왔다. 창밖의 하늘은 어제처럼 맑고 햇볕은 따뜻했다. 수연은 손톱을 깨물며 고민하다가 형우에게 전화를 걸었다. 휴대폰 전원은 여전히 꺼져 있었다. 수연은 힘없이 방문을 열었다. 식탁에 앉아 있던 어머니가 걱정스러운 표정으로 수연을 바라보며 아침 차려놓았으니 먹고 학교에 가라 말한 뒤 자리를 피했다. 밤새 제대로 잠을 이루지 못한 듯한 어머니는 아무것도 묻지 않았다. 수연은 그런 어머니의 배려가 고마우면서도 밤새 딸 걱정을 했을 어머니를 생각하니 마음이 아팠다.

수연의 방에서 휴대폰 벨 소리가 울렸다. 숟가락을 뜨는 둥 마는 둥 하던 수연은 부리나케 방 안으로 달려 들어갔다. 모르는 번호였다. 수연은 낙심하며 전화를 받지 않으려다가 혹시나 하는 마음에 통화 버튼을 눌렀다. 수연의 전화가 맞는지 확인하는 낯선 여자의 목소리가 들렸다.

"네. 제가 김수연이 맞는데요. 누구시죠?"
"기억하려나? 주은혜야. 저번에 학교에서 형우와 같이 잠깐 얼굴 본 일 있지?"

수연은 첫 만남부터 자신을 주눅 들게 했던 은혜의 모습을 기억해냈다. 전화를 받은 사람이 수연임을 확인한 은혜의 목소리는 차가워졌다.

"이따가 시간 되면 좀 만나자. 아니, 시간이 안 돼도 나와."
"내 전화번호를 어떻게 알고⋯⋯."
"어떻게 알긴? 형우의 휴대폰에서 찾았지."

형우의 이름을 듣자 다급해진 수연은 목소리를 높였다.

"형우는 어디에 있어? 몸은 괜찮은 거야?"
"얘 정말 어이가 없네. 네가 지금 형우를 찾을 자격이 있어?"

수연은 은혜의 빈정거림에 아무런 대꾸도 하지 못했다. 은혜는 수연에게 만날 장소와 시간을 통보하며 전화를 끊었다.

"오후 5시까지 어제 형우와 만났던 사주카페로 와."

약속 시각보다 30분 먼저 카페에 도착한 수연은 직원에게 어제 자신이 떠난 뒤 무슨 일이 있었는지 물었다.

수연을 쫓아 밖으로 뛰쳐나갔던 형우는 수연을 찾지 못한 채 다시 카페로 돌아와 수연에게 계속 전화를 걸며 폭음을 한 모양이었다. 두 시간쯤 흐른 뒤 한 여자가 카페로 찾아와 형우를 데리고 나갔는데, 직원이 설명한 인상착의에 따르면 그 여자는 은혜임이 분명했다.

술에 취해 자포자기하듯 은혜의 손에 이끌려 나갔을 형우의 모습을 생각하며 수연은 후회의 눈물을 흘렸다.

은혜는 약속 시각보다 30분 늦게 카페에 도착했다. 은혜의 모습은 얼마 전 캠퍼스에서 우연히 마주쳤을 때보다 훨씬 화려하고 아름다웠다.

은혜는 수연에게 묻지도 않고 아메리카노 두 잔을 주문했다. 그러고는 차가운 표정으로 수연의 눈을 응시했다. 은혜는 일부러 늦게 나온 듯했다. 수연은 말없이 자신을 힐난하는 은혜의 눈빛을 견디지 못해 고개를 돌렸다. 은혜는 커피를 한 모금 마시며 피식 웃었다.

"밤새 많이 울었나 봐? 눈이 퉁퉁 부었네? 그래도 비련의 주인공인 척은 하지 마. 역겨우니까."

수연은 느닷없는 은혜의 독설에 할 말을 잃었다.

"난 너 같은 여자들을 잘 알아. 세상에서 자기가 가장 착한 여자인 줄 알지. 그런데 알아? 너 같은 여자들이야말로 사실 가장 이기적이고 못된 존재라는 것 말이야. 어설프게 어장관리하다가 어장을 잃은 기분이 어때?"

어장관리라는 표현에 수연은 발끈했다.

"나는 한 번도 형우를 그렇게 생각한 적 없어!"

은혜는 어깨를 으쓱하며 수연에게 반문했다.

"그래? 사랑하지도 않는 사람을 곁에 두고 애타게 만드는 게 어장관리가 아니면 뭐지? 난 차이를 전혀 모르겠는데?"

"그건…… 나도 내 마음을 잘 몰랐을 뿐이야. 이제야 내 마음을 확실히 알겠어. 형우는 어디에 있어?"

"네가 네 마음을 잘 몰랐다고 치자. 상대방의 가슴을 갈기갈기 찢어놓고 인제 와서 자신의 마음을 알았으니 다시 곁으로 돌아오겠다? 너 세상 참 편하게 산다?"

은혜의 말 한마디 한마디가 수연에게 송곳처럼 아프게 파고들었지만 수연은 대꾸할 말을 찾지 못해 얼굴만 붉혔다. 은혜는 수연에게 비웃음을 흘리며 말했다.

"사족이 길었네. 우리도 얼른 할 얘기만 빨리 하고 찢어지는 게 좋겠지? 나도 네 얼굴 보기 역겹고, 너도 내 얼굴 보기 편하지 않을 테니까. 짧게 말할게. 이제 다시는 형우를 찾지 마. 그땐 내가 가만히 있지 않을 테니까."

"너와 입씨름하고 싶지 않아. 형우는 어디에 있어?"

"이제 형우와 너는 아무 사이도 아니잖아? 내가 네 눈치를 볼 이유가 있을까?"

"형우와 내가 다시 만나서 해결해야 할 일이야. 네가 끼어들어 상관할 일이 아니야!"

"형우는 어제 나와 같이 밤을 보냈어. 그러면 이제부터 내가 끼어들어 상관해도 되겠지?"

수연은 은혜의 말에 얼어붙었다.
은혜는 귀찮다는 듯 손을 내저었다.

"이런 이야기까지는 하고 싶지 않았는데 사람 정말 구질구질하게 만드네."

은혜는 형우와 자신 사이에 얽힌 얘기들을 풀어냈다.

은혜는 고등학교 시절 내내 형우를 마음에 뒀으나 겉으로는 전혀 내색하지 않았다. 처음에 은혜는 형우가 언젠가는 알아서 자신에게 고백하리라 여겼다. 하루 걸러 한 번씩 고백받을 정도로 인기가 많아 여왕벌이란 별명을 얻었던 은혜는 자존심 때문에 형우에게 먼저 고백하지 못했다. 그러나 아무리 기다려도 형우가 은혜를 대하는 태도는 달라지지 않았다. 눈치 빠른 은혜는 남자가 자신에게 얼마나 호감을 느끼고 있는지 쉽게 알아챌 수 있었다. 형우는 은혜에게 정말로 관심이 없었다. 오히려 형우는 은혜가 다른 사람의 감정을 멋대로 가지고 놀고 있다 여겨 경계하고 있었다.

은혜는 조바심을 내며 졸업 전에 형우에게 먼저 고백하겠다고 마음먹었으나 예상치 못한 소식이 들려왔다. 형우가 단과학원에서 만난 한 여학생에게 먼저 고백했다가 차였다는 것이다. 은혜는 어처구니가 없다는 듯 가벼운 웃음을 터뜨렸다.

"그게 너였더라."

수연은 은혜가 이미 자신을 알고 있었다는 사실에 놀랐다. 은혜는 피식 웃으며 말을 이었다.

"왜? 놀라워? 나는 너보다 더 놀랐으니까 너무 놀란 척하지 마. 나도 형우 옆에 있는 여자가 설마 너일 줄은 꿈에도 몰랐으니까."

은혜는 대학 입시에서 여러 대학교의 무용과에 동시 합격했고, 그중 한국대를 선택했다. 형우가 한국대에 합격했다는 소식이 은혜가 이 학교를 선택한 결정적인 이유였다. 캠퍼스에서 동문 모임을 통해 자연스럽게 형우와 만나려 했던 은혜는 그러나 뜻밖의 소식을 듣고 좌절했다. 형우가 캠퍼스 커플이 됐고, 상대방이 수연이라는 것이었다.

심지어 동문 모임에서 형우가 한국대에 입학한 이유가 수연 때문이란 말을 듣고 은혜는 분노에 휩싸였다. 이야기 도중 은혜가 헛웃음을 터뜨렸다.

"정말 기가 막히더라. 나는 형우를 따라 한국대에 들어왔는데 형우는 너를 따라 이 학교에 들어왔다니. 축제 때 형우가 무대에서 네게 키스하는 모습을 보고 나서야 비로소 깨달았어. 내가 이 관계의 먹이사슬 맨 끝에 있었다는 걸."

수연은 은혜의 눈빛을 외면했다.

"김수연 너 정말 대단해. 인정해. 사람을 정말 비참하게 만드는 능력이 있어. 너 때문에 정말 큰 걸 배웠어. 세상일이 다 내 마음대로 돌아가진 않는다는 걸 말이야. 그런데 더 비참한 건 뭔지 알아? 그 꼴을 보고도 형우를 마음에서 놓지 못하겠더라. 나도 바보지."

어젯밤 은혜의 휴대폰에 형우의 전화번호가 떴다. 홀로 자취하는 아파트에서 막 잠자리에 들려던 은혜는 튀어 오르듯이 침대를 박차고 일어났다. 형우가 먼저 은혜에게 연락한 일은 이번이 처음이었다.

은혜는 뛰는 가슴을 진정시키며 침착한 목소리로 전화를 받았다. 형우는 술에 잔뜩 취한 목소리로 울먹이면서 대학로로 와주면 안 되겠냐고 물었다. 은혜는 전화를 끊자마자 대충 옷을 챙겨 입은 뒤 택시를 잡아타고 대학로로 향했다. 은혜는 사주카페에서 형우를 데리고 나와 가까운 술집으로 들어갔다. 술에 취한 형우는 은혜를 붙잡고 조금 전 수연과 있었던 일들을 두서없이 털어놓았다.

형우는 울먹이며 은혜에게 어떻게 해야 수연의 마음을 돌려놓을 수 있는지 방법을 아느냐고 물었다. 형우의 넋두리를 오랫동안 참고 듣던 은혜는 처참한 기분을 견디지 못해 어린아이처럼 울었다. 갑작스러운 상황에 놀란 형우가 은혜를 달랬다. 은혜는 충동적으로 형우에게 가까이 다가가 두 팔로 형우의 목을 안고 키스했다. 처음엔 당황하던 형우도 이내 은혜를 받아들였다. 잠시 후 술집 밖으로 나온 형우와 은혜는 택시를 타고 은혜의 집으로 향했다.

두 눈가가 붉어진 은혜가 떨리는 목소리로 말했다.

"형우는 택시 안에서 술에 취해 졸면서도 네 이름을 부르더라. 그런데도 나는 바보같이 형우를 안았고. 정말 우스운 일이지."

손수건으로 눈가에 맺힌 눈물을 닦아내고서 은혜는 수연을 쏘아보며 차갑게 웃었다.

"왜? 내가 형우와 밤새 무엇을 하고 보냈는지 궁금해? 궁금하면 이야기해줄게. 얼마든지."

은혜의 말에 수연은 괴로운 표정을 지으며 참았던 눈물을 쏟아냈다. 은혜는 계산서를 들고 자리에서 일어나며 수연에게 비웃음을 흘렸다.

"아직도 자신이 눈물을 흘릴 자격이 있다고 생각하나 보지? 이 정도 말했으면 머리가 있으니 알아들었을 거라고 믿어. 네가 조금이라도 형우를 생각한다면 앞으로 다시는 형우 앞에 모습을 보이지 마. 최소한 양심이란 게 있다면 말이야."

III
다시, 밸런타인데이

고해

"김수연! 너 어떻게 된 거야! 휴대폰은 계속 꺼져 있고, 동아리방에도 나오지 않고! 그리고 형우와 무슨 일이 있었던 거야! 말을 좀 해봐!"

수연이 사흘간 전원을 꺼뒀던 휴대폰을 다시 켜자마자 정희에게서 전화가 걸려왔다. 정희의 흥분한 목소리가 휴대폰을 터뜨릴 듯 울렸다. 수연은 지친 목소리로 정희를 달랬다.

"나중에 만나서 이야기하자. 지금은 말할 기운이 없어."

"말할 기운이 없어? 그게 말이야 방귀야! 너라면 만날 학교에서 함께 지지고 볶던 친구가 며칠째 연락이 뚝 끊겼는데 걱정이 안 돼? 지금 어디야? 집이야?"

"미안해, 정희야. 끊을게. 나중에 자초지종을 말해줄게."

수연은 전화를 끊고 다시 휴대폰의 전원을 껐다. 사흘 전 은혜를 만난 뒤 수연은 형우의 전화번호를 수신 차단 목록에 등록했다. 다시 형우의 얼굴을 보기 염치없는 데다, 형우의 연락을 받거나 목소리를 들으면 겨우 정리 중인 마음이 흔들릴 것 같았기 때문이다. 수연은 자신을 차갑게 내려다보던 은혜의 눈빛을 떠올리며 몸서리쳤지만, 지금 상황에선 자신보다 은혜가 형우의 다친 마음을 달래주기에 적합한 사람이라고 생각했다.

사흘간 수연은 방 안에 처박혀 식사도 거른 채 울다가 잠들기를 반복했다. 처음엔 말없이 지켜보기만 하던 어머니도 사흘째가 되자 수연의 방 문을 두드렸다. 방 안에선 아무런 소리도 들리지 않았다. 어머니는 방문을 열어야 할지 고민하다가 돌아섰다.

수연은 어머니가 방문을 두드리는 소리에 침대에서 일어났다. 책상 위에 놓인 작은 액자가 눈에 들어왔다.

액자 속엔 형우와 함께 찍은 사진이 담겨 있었다. 수연은 천천히 액자를 집어 들었다. 뺨을 타고 흘러내린 눈물이 액자의 투명한 유리를 적셨다. 수연은 액자를 책상에 내려놓으며 방 안을 둘러보았다. 벽에는 형우가 선물로 준 꽃다발 몇 개가 잘 마른 상태로 걸려 있었고, 책상 옆 한구석의 박스에는 형우가 인형 뽑기를 해서 준 인형들이 잔뜩 쌓여 있었다. 수연은 방문을 열고 거실에서 텔레비전을 보고 있던 수완을 불렀다.

"잠깐 누나 방으로 와줄래?"

수완은 며칠 동안 방에서 나오지 않던 누나의 부름에 얼른 텔레비전을 끄고 달려갔다. 누나가 연애 문제로 괴로워하고 있다 짐작했으나 수완은 입을 다물었다. 수연은 수완에게 방 안의 작은 옷장을 잠시 옆으로 치워달라고 부탁했다.

"멀쩡히 잘 쓰고 있는 옷장을 왜?"
"그럴 일이 있어서 그래."

수완은 어리둥절했지만 이유를 더 묻지 않고 옷장을 밀어 옆으로 옮긴 뒤 방에서 나갔다. 옷장을 옮기자 가려져 있던 벽장이 드러났다.

수연은 처음 이 아파트로 이사 왔을 때 벽장을 쓸지 말지 고민하다 벽장 내부가 오래돼 내려앉은 터라 포기했다. 그렇게 해서 벽장은 딱히 사용하진 않지만 버리기엔 또 아까운 온갖 물건을 보관하는 장소로 쓰였다. 이후 작은 옷장이 벽장을 가렸고, 벽장 속 물건은 수연의 기억에서 잊혔다. 처음에 수연은 형우와 관련된 물건을 모두 버릴 작정이었으나 차마 그러지 못했다. 그래서 그 물건들을 보이지 않는 곳에 보관하기로 결심했고, 벽장은 그런 용도로 적합했다.

오랫동안 여닫은 일이 없었던 벽장은 문이 열릴 때 날카로운 소리를 냈다. 퀴퀴한 냄새와 함께 벽장에 쌓아둔 잡동사니가 모습을 드러냈다. 가장 먼저 눈에 띈 물건은 낡은 서류 가방이었다.

수연은 가방의 먼지를 털어내며 그 가방을 들고 출근하던 아버지의 뒷모습을 떠올렸다. 가방을 열자 누렇게 바랜 각종 서류와 함께 아버지의 젊었을 때 모습이 담긴 사진이 여러 장 나왔다. 수연은 자신과 나이 차이가 별로 나지 않아 보이는 사진 속 아버지를 들여다보며, 서류 가방에 아버지의 사진을 갈무리하고 벽장을 열었을 어머니를 상상했다. 그러다 어머니와 같은 행동을 하는 자신의 모습이 우스워서 씁쓸한 미소를 지었다.

수연은 서류 가방을 원래 자리에 둔 뒤 벽장 속 빈 공간을 형우와 관련된 물건으로 채워나갔다. 벽장이 채워질 때마다 형우과 함께했던 추억이 생생하게 되살아났다. 형우와 연인으로 보낸 시간은 고작 반년 남짓이었지만 그 시간의 흔적은 수연 자신도 놀랄 만큼 크고 깊었다. 벽장의 맨 아래 칸에 고장 난 벽시계가 먼지를 뒤집어쓴 채 놓여 있었다.

수연은 벽시계를 꺼내 시곗바늘을 거꾸로 돌렸다. 한 시간, 두 시간, 세 시간 전⋯⋯ 6시에 멈춰 있던 시침이 거꾸로 몇 바퀴를 돌았다. 수연은 참았던 눈물을 쏟아내며 흐느꼈다. 그러고는 벽시계를 원래 있던 자리에 돌려놓다가 작은 선물 상자를 발견했다. 그 상자가 무엇인지 기억해내지 못한 채 수연은 뚜껑을 열어 내용물을 살폈다. 상자 속엔 잡다한 사탕과 초콜릿 포장지가 어지럽게 담겨 있었다.

수연은 그 상자가 중학교 1학년 때 받았던 화이트데이 선물임을 기억해냈다. 당시 선물은 발신자 이름 없이 수연의 집에 배달됐다. 수연은 상자를 도로 벽장에 집어넣기 위해 뚜껑을 들었다. 뚜껑에서 무언가가 방바닥으로 떨어졌다. 나뭇가지를 가득 메운 라일락꽃이 찍힌 사진이었다. 수연은 대수롭지 않게 사진을 상자에 집어넣었다.

상자를 다시 있던 자리에 두고 벽장을 닫은 수연은 휴대폰의 전원을 켜고 정희에게 전화를 걸었다. 신호음이 울리기 무섭게 정희가 화를 내며 전화를 받았다.

"야! 이 못된 기지배야! 어디야? 집이야?"

"지금 집에 있어. 내일 학교에서 따로 만나자. 그때 다 이야기해줄게."

"나는 그리 인내심이 강하지 않아서 말이다. 지금 당장 만나. 너네 집으로 갈 테니까. 집 주소는 동아리 회원명부에 적혀 있는 주소 맞지? 지금 간다."

정희는 수연의 대답을 듣지도 않고 전화를 끊었다. 수연은 정희에게 집까지 올 필요 없다고 메시지를 남겼지만 정희는 아무런 답도 하지 않았다.

한 시간쯤 지난 뒤 집 앞에 도착했다는 전화를 받고 수연이 현관문을 열자 정희는 손바닥으로 수연의 등을 때리며 화를 냈다.

"도대체 얼마나 잘나신 분이길래 친구가 여기까지 몸소 찾아오게 만들어? 일단 몇 대 맞고 시작하자!"

어머니와 수완은 그런 정희의 모습을 보며 눈을 크게 떴다. 뒤늦게 집에 수연만 있는 게 아니었음을 깨달은 정희가 어색한 웃음을 지으며 인사했다.

"아…… 안녕하세요. 저는 수연이 친구 정희인데요, 수연이가 걱정돼서…… 오랜만에 뵈어요."

어머니는 정희를 기억해내며 반가움을 표했다.

"정희구나! 정말 오랜만이다. 수연이가 네 이야기를 많이 해줬어. 이렇게 다시 보니 정말 반갑다."
"저는 집에 수연이만 있는 줄 알고…… 갑자기 들이닥쳐 죄송해요."
"그렇게 서 있지 말고 얼른 들어와. 저녁은 먹었니?"
"네. 조금 전에 먹고 왔어요. 헤헤."

정희는 머리를 긁적이며 신발을 벗었다.
수연은 정희의 손을 붙잡아 방으로 끌고 들어갔다.

"이렇게 갑자기 찾아오면 어떻게 해."
"지금 학교에선 너 때문에 난리가 났는데 궁금하지 않게 생겼어? 너는 잠수 타서 연락도 안 되지, 형우 옆엔 웬 여시 같은 게 거머리처럼 붙어 다니고. 도대체 무슨 일이야? 형우가 바람이라도 피운 거야? 그런 거야?"

수연은 착잡한 표정을 지으며 고개를 숙였다.

"모두 내 잘못이야. 형우에겐 아무런 잘못이 없어. 정말이야."
"그게 말이 되니? 상식적으로 생각해봐. 너는 갑자기 잠수를 탔고 형우는 다른 여자와 다니고 있어. 그런데 형우는 무슨 일인지 입을 다물고 있어. 누가 봐도 형우가 바람을 피운 거라고 생각할 수밖에 없잖아. 안 그래?"

수연은 모든 연락을 끊은 자신의 행동이 의도치 않게 형우가 오해를 사게 만들고 있음을 깨닫고 괴로워했다.

"내가 또 형우에게 폐를 끼치고 말았네. 어떡하지 정희야?"
"일단 자세하게 말해봐. 이야기를 들어봐야 오해를 풀든지 말든지 할 것 아냐. 참고로 지금 형우는 동아리에서 거의 매장된 상황이야."

수연은 정희에게 며칠 전 형우와 있었던 일을 털어놓았다. 갈팡질팡하는 형우를 향한 자신의 마음, 그로 인한 이별의 결정, 그리고 뒤늦은 후회, 갑작스러운 은혜와의 만남.

수연의 말을 듣고 정희는 답답하다는 듯 가슴을 쳤다.

"네가 들으면 서운하겠지만, 은혜인지 뭔지 하는 그 애 말이 맞네. 너 하나도 안 착해. 그건 배려가 아니지. 너의 배려 아닌 배려 때문에 형우만 일방적으로 상처를 입은 꼴이잖아. 형우 혼자 오해란 오해를 다 받게 했고. 그 꼴을 보고도 형우는 네가 아직 덜 미운가 보다. 솔직히 내가 형우였다면 가만히 있지 않았을 거야."

"네 말이 맞아. 내가 제일 나빴어. 내가 상황을 해결할게."

"해결? 지금 네가 모두에게 자초지종을 솔직하게 고백하면 어떻게 될까? 너 그날 바로 미친년 소리 들을걸? 나는 네가 어떤 의도로 형우에게 이별을 통보했는지 조금은 짐작이 가. 그런데 모두가 나처럼 이해해줄까? 난 이제 모르겠다. 뭐가 이렇게 복잡하니."

수연은 무릎에 얼굴을 묻고 흐느끼기 시작했다.

정희는 난감한 표정을 지으며 수연을 달랬다.

"그렇다고 지나치게 자책하진 말았으면 좋겠어. 자신의 감정에 거짓말하지 않겠다는, 어떻게 보면 대단히 순수한 마음에서 나온 결정이잖아."

"결국 내가 모든 걸 망쳤잖아."

정희는 가방에서 손수건을 꺼내 수연의 눈물을 닦아주었다.

"너는 네가 사랑이라는 감정에 대해 잘 몰랐다고 하지만 이별은 결국 네가 아닌 형우를 위해 내린 결정이었잖아. 결과가 좋진 않았지만 그 또한 네게 일말의 사랑이 없었다면 결코 내릴 수 없었을 결정이라고 생각해."

수연이 젖은 눈으로 정희를 올려다봤다.

"네가 형우를 그만큼 아끼지 않았다면 과연 그런 결정을 내릴 수 있었겠니? 그냥 매몰차게 차버렸겠지. 수연아, 인제 그만 방에서 나오면 안 될까? 방에서 냄새난다."

수연은 피식 웃으며 소매로 눈물을 훔쳤다. 정희는 자리에서 일어나 수연을 일으키고는 수연의 양 볼을 두 손으로 감쌌다.

"너 혹시 그거 알아? 우리 둘이서만 같이 술을 마신 일이 한 번도 없다는 것?"

"생각해보니 그렇다."

"언니가 한잔 살 테니까 어서 일어나. 날이 흐려서 그런가

술이 절로 당기더라. 주종은 뭘로 할래? 맥주? 소주? 막걸리? 얼굴 꼴을 보아하니 며칠 동안 제대로 먹지도 못했네. 그냥 치맥이나 하자."

밤바람이 제법 쌀쌀했다. 흐린 날씨에 습해진 공기는 밤바람에 한기를 더했다. 정희는 호프집을 찾으며 옷깃을 여미는 수연의 얼굴을 살폈다.

"김수연, 간만에 바깥 공기를 쐬니까 어때?"
"그냥 그렇지 뭐. 그런데 빗방울이 떨어지는 것 같지 않니?"

수연의 말이 끝나기 무섭게 비가 쏟아지기 시작했다.

"수연아! 뛰자! 일단 어디든 간판이 보이면 그리로 들어가자!"
"알았어!"

빗속을 뛰던 정희가 먼저 술집으로 보이는 간판을 발견하고는 수연의 손목을 붙잡고 그쪽으로 뛰었다.

"오늘 일기예보에선 저녁때 비 소식이 없었는데 이게 무슨 난리야. 수연아, 일단 저곳으로 가자!"

비를 피해 술집으로 들어온 수연과 정희는 술집 안 풍경에 멈칫했다. 손님들 대부분이 중년 남성이었다. 테이블마다 곱창전골이 지글지글 소리를 내며 끓고 있었다. 손님들의 시선이 급하게 술집으로 뛰어 들어온 두 사람에게 집중됐다. 눈치 빠른 젊은 아르바이트생이 달려와 둘을 빈 테이블로 안내했다. 얼떨결에 자리를 잡고 앉은 두 사람에게 아르바이트생이 메뉴판을 가져다주고 사라지자 정희가 수연에게 작은 목소리로 물었다.

"곱창전골 먹을 줄 알아? 다시 밖으로 나가서 호프집을 찾자니 비가 무섭게 내리네. 어떡하지?"

"너는?"

"솔직히 없어서 못 먹어. 곱창전골이야말로 진정한 소주 도둑이지. 마지막에 밥까지 볶아먹으면 환상이야. 너는 먹을 줄 알아?"

"사실 나도 오늘 같은 날엔 치킨보다는 곱창전골 국물이 더 당기네."

수연과 정희는 서로의 얼굴을 보며 킥킥 웃었다. 정희는 곱창전골 2인분과 소주 한 병을 주문했다. 둘은 서로의 잔을 채워준 뒤 기본 안주로 나온 달걀말이와 함께 소주를 들이켰다.

빈속에 술이 들어가자 수연의 얼굴이 확 달아올랐다.
동시에 기분 좋은 나른함이 몸을 감쌌다.

"정희야, 사람들이 힘들 때 왜 소주를 마시는지 이제 조금 알 것 같다. 이런 느낌이네."
"나름 인생의 쓴맛을 봤으니 소주 맛이 남다르지 않겠어? 마시고 싶은 만큼 마셔. 오늘 언니가 다 사줄 테니까."
"찾아와줘서 고마워. 정말로."

정희는 수연의 빈 잔을 채우며 주위를 살피더니 표정에 고민을 담았다.

"정희야, 무슨 일 있어?"
"인생의 쓴맛을 본 친구 앞에서 해도 되는 말인지 하면 안 되는 말인지 고민스럽네. 네게 눈치 없는 행동 같기도 하고."
"무슨 일인데? 말해봐."

수연이 걱정스러운 눈빛으로 정희를 바라봤다.
몇 차례 망설이던 정희가 마침내 입을 열었다.

"에라 모르겠다! 실은 나도 좋아하는 사람이 있어. 그리고 너도 아는 사람이야."

"정말? 누구?"

"실은 그게…… 성대야."

정희는 두 손으로 얼굴을 감싸며 몸부림을 쳤다.

수연은 전혀 예상하지 못했다는 듯 목소리를 높였다.

"성대? 정말?"

"너 지금 속으로 내 취향이 조금 이상하다고 생각했지? 그런데 나는 성대가 왜 이렇게 귀엽지? 나도 내가 왜 이러는지 모르겠어. 답답하다 나도."

수연과 정희는 곱창전골을 앞에 두고 많은 이야기를 나누며 웃었다. 오랜만에 많이 웃은 수연은 한결 기분이 나아지는 걸 느꼈다. 창밖으로 비가 경쾌한 소리를 내며 내렸다. 수연은 문득 곱창전골이 끓는 소리가 빗소리를 닮았다고 생각했다. 수연은 소주잔을 기울이며 마음에 쌓인 찌꺼기가 비와 함께 모두 쓸려가기를 간절히 바랐다.

교차로

　수업이 끝나면 혼자 조용히 중앙도서관으로 사라져버리는 수연을 지켜보며 성대는 붙잡을까 말까 계속 망설여왔다. 그사이 동아리 내에선 수연과 형우를 둘러싼 온갖 억측이 난무했다. 허튼 소문이 더 크게 번지는 사태를 막으려면 당사자의 해명이 필요하다는 생각에 성대는 어느 날 수업이 끝나자마자 빠르게 강의실을 빠져나가던 수연을 붙잡았다.

　"수연아, 잠깐 얘기 좀 하자. 동아리방에 이대로 발길 끊을 거야?"

　"사람들 얼굴 보기도 미안하고, 형우 보기도 그렇고."

정희와 만난 이후로 수연은 동아리방에 들러 그간의 사정을 설명하려 했지만 그조차도 자칫 형우에게 누가 될지 모른다는 생각에 행동으로 옮기지 못했다.

"너만 동아리방에 안 나오는 게 아냐. 형우 이 녀석도 동아리방에 발길을 끊은 지 꽤 됐어. 정희에게서 대충 무슨 사정인지 이야기를 듣긴 했다만, 이게 뭔 난리인지 모르겠다."

"지금은 도저히 동아리방에 들를 용기가 나지 않아. 정말 미안해. 괜히 나 때문에 다들 어색하게 만들어서."

수연은 다시 중앙도서관 방향으로 발길을 돌렸다. 성대는 수연을 붙잡으려다가 돌아섰다. 잠시 걸음을 멈추고 뒤돌아보던 수연은 저 멀리 힘없이 걸어가는 성대의 뒷모습만 물끄러미 쳐다보며 한숨을 내쉬었다. 그러고 나서 다시 돌아서다가 깜짝 놀라 급히 가까운 건물 안으로 몸을 숨겼다. 창문을 통해 조심스럽게 바깥을 내다봤다. 형우와 은혜가 중앙도서관 쪽으로 걸어오고 있었다. 은혜는 형우의 팔짱을 낀 채 환하게 웃으며 끊임없이 형우에게 말을 걸고 있었고, 형우는 그런 은혜에게 어색한 미소를 지어 보였다. 수연은 두 사람의 뒷모습이 멀어져 보이지 않을 때까지 시선을 떼지 못했다.

갑자기 전화벨이 울렸다. 대균이었다. 수연은 전화를 받을까 말까 망설이다가 통화 버튼을 눌렀다.

"얼마 만에 듣는 반가운 목소리야? 그래도 이제 전화는 받네? 같은 학교에 있으면서도 이렇게 얼굴을 보기 힘들어서야."

"미안해."

"사실 한가하게 안부 물으려고 전화한 건 아냐. 지금 시간 되면 학생식당 근처 편의점 앞에서 잠깐 얼굴 좀 보자. 급한 일이 있어."

"무슨 일?"

"만나서 이야기하자. 전화로 할 만한 이야기는 아닌 듯하니."

15분쯤 지난 후 수연은 대균과 약속장소에서 만났다. 대균이 수연에게 캔커피를 건넸다. 조금 전까지 온장고에 보관돼 있었는지 커피는 살짝 뜨거웠다.

"고마워, 대균아."

"고맙긴. 소소하지. 아무튼 간만에 얼굴 보니까 반갑다."

"급한 일이라니? 무슨 일이야?"

대균이 무거운 표정을 지으며 캔커피를 땄다.

"대혁이한테 안 좋은 일이 생겼어."
"그게 무슨 소리야? 안 좋은 일이라니?"

대혁은 며칠 전 부대에서 야간 전술훈련을 받다가 추락 사고를 당해 척추와 머리를 심하게 다쳤다. 단독군장 상태로 다리 위를 걷던 대혁은 작은 계곡에 설치된 나무다리가 갑자기 끊어지는 사고로 인해 5미터 아래로 추락했다. 훈련 전에 시설을 제대로 점검하지 않아 발생한 인재였다. 군 병원에선 치료가 어려워 민간병원인 사랑병원으로 옮겨진 대혁은 여러 차례 큰 수술을 받았지만 아직 의식을 회복하지 못하고 있었다.

대균은 캔커피를 단숨에 비운 뒤 캔을 구겼다.

"대혁이가 말이 없어서 그렇지 은근히 정이 많은 녀석이더라. 동아리방에 자주 그 녀석 편지가 도착했었어. 녀석이 휴가 나오면 만나서 술이나 사줄 생각으로 따로 답장하지 않았는데 후회가 된다. 정희만 몇 통 답장을 보냈나 보더라."

얼마 전 정희는 수연에게 대혁의 부대 주소를 알려주면서 대혁에게 편지를 써달라고 부탁했었다. 수연은 마음에 여유가 없다는 핑계로 편지 쓰기를 미뤄온 터였다.

대혁이 의식을 회복하지 못하고 중환자실에 누워 있다는 대균의 말에 수연은 답장을 미룬 일을 몹시 후회했다.

"치료를 받으면 다시 회복할 수 있는 거야?"

"확답할 수 없어. 뇌와 척추를 다친 터라. 최악의 경우 하반신을 제대로 쓰지 못하는 상황도 각오해야 해. 일단 동아리 동기들을 모아 병원에 찾아가볼 생각이야. 중환자실이어서 하루에 면회할 수 있는 인원도 제한돼 있고 가족이 아니면 면회가 어렵긴 한데 그래도 상태가 어떤지 파악해야 할 것 같아서."

"형우도 오겠지?"

"정희가 너와 형우 사이의 일을 대강 설명해줬어. 솔직히 나는 지금도 네 행동을 이해하지 못하겠어. 그렇다고 해서 너를 비난할 마음은 조금도 없어. 너도 형우도 나쁜 마음으로 그런 게 아니란 걸 모두 잘 아니까."

"고마워. 진심으로."

"대혁은 네게 터틀스 동기이기 이전에 초등학교 동창이자 같은 과 동기잖아. 중환자실 면회 시간이 오후 7시부터라더라. 내일 저녁 6시 30분에 사랑병원 앞에서 만나자."

다음 날, 약속 시각보다 조금 일찍 도착한 성대와 대균은 주위를 살피며 나머지 동기들이 오기를 기다렸다. 성대는 바람이 쌀쌀한지 주머니에 손을 넣으며 투덜거렸다.

"대혁이가 입원한 병실이 중환자실이어서 여러 명이 면회를 와봤자 모두 들어가지도 못 할 텐데 뭐 하러 다 불러 모았냐? 나중에 각자 따로 와도 충분한데."

"이렇게라도 불러 모아야 동기들이 겨우 모이지 않겠냐. 수연이나 형우나 언제까지 서로를 피하기만 할 수도 없는 노릇이잖아. 일단 물꼬를 터야지."

"설마 저런 상황까지 예상한 건 아니겠지?"

대균은 성대가 가리키는 곳을 바라보다가 머리카락을 쥐어뜯었다. 형우가 은혜와 함께 병원 앞으로 다가오고 있었다. 성대는 대균의 등을 쓰다듬으며 물었다.

"수연이도 온다고 했냐?"

"어제 만났을 때 확답을 하지 않았는데 말이다. 아! 저기 오네. 젠장. 이러면 나가린데."

정희와 함께 병원 앞으로 다가가던 수연은 먼저 온 형우와 은혜를 보고 멈칫했다. 뒤따라 도착한 지훈도 예상치 못한 상황에 탄식했다. 정희가 수연의 손을 잡아 끌었다. 모두 한자리에 모이자 어색한 공기가 흘러 누구도 먼저 입을 떼지 못했다. 은혜는 말없이 수연을 노려봤다.

수연은 고개를 살짝 돌리며 은혜의 눈을 피했다.

형우가 헛기침을 하며 수연에게 먼저 인사말을 건넸다.

"수연아, 오랜만이야. 그동안 잘 지냈어?"

수연이 입을 열기 전에 은혜가 끼어들어 빈정거렸다.

"아직도 미련이 남은 건가? 생각보다 얼굴이 아주 두껍네?"

형우가 은혜를 제지했다. 은혜는 목소리를 높였다.

"너는 자존심도 없니? 쟤가 너를 어떻게 버렸는지 벌써 잊어버린 거야?"

"은혜야, 제발 그만."

은혜는 무언가를 더 말하려다 삼키며 팔짱을 꼈다.

수연은 터져 나오려는 눈물을 참으며 형우에게 말했다.

"형우야, 미안해."

"수연아, 우리 서로 마주치더라도 피하는 사이가 되지는 말자."

수연은 형우의 말을 다 듣지도 않고 황급히 발걸음을 돌려 병원 바깥으로 빠져나갔다. 정희가 쫓아가 붙잡았지만 참았던 눈물을 흘리는 수연의 모습을 보고 손에서 힘을 뺐다.

기억 속에 그 애가 있었네

수연은 중앙도서관 열람실에서 토익 예상문제를 풀다가 기지개를 켜며 창밖을 바라봤다. 바닥에 쌓인 낙엽이 회오리치며 부는 바람을 타고 솟아오르다가 떨어져 다시 바닥에 흩어졌다.

'결국 나도 저 낙엽처럼 제자리로 돌아오고 말았네.'

수연은 휴대폰 케이스에 새겨진 글자 'Carpe Diem'을 매만지며 쓸쓸하게 웃었다. 휴대폰 진동이 울렸다. 수신된 번호는 휴대폰에 저장된 번호가 아니었다.

수연은 전화를 받지 않았지만 곧 같은 번호로 문자메시지가 도착했다. 대혁의 형 대호였다. 대호는 문자메시지를 통해 수연에게 시간이 나면 전화해달라고 부탁했다. 수연은 대혁의 상태가 악화되거나 좋지 않은 일이 벌어진 게 아닌가 하는 생각에 급히 열람실 밖으로 나와 전화를 걸었다. 신호음이 몇 차례 울리기도 전에 대호가 전화를 받았다.

"수연 씨. 갑작스럽게 연락을 드려 죄송해요. 지금은 통화 괜찮으신가요?"

"네. 괜찮습니다. 혹시 대혁이에게 무슨 일이 생긴 건가요?"

"그런 건 아닙니다만, 시간이 되면 잠시 만날 수 있을까요? 대혁이 일이기도 하지만 수연 씨와도 관련한 얘기라서요."

"제가요?"

"시간을 빼앗아 죄송하지만, 전화로 하기엔 조금 긴 이야기입니다. 바쁘시면 수연 씨가 계신 곳으로 제가 찾아갈게요."

마침 대호는 일 때문에 캠퍼스와 멀지 않은 곳에 있었다. 수연은 대호와 30분 후 캠퍼스 후문 근처 카페에서 만나기로 약속하고 가방을 챙겼다. 가방을 챙기며 대호가 왜 자신에게 연락했는지 생각해봤지만 감을 잡을 수 없었다. 혼란스러운 기분을 느끼며 도서관에서 빠져나와 약속 시각에 맞춰 카페로 들어온 수연은 대호에게 전화를 걸었다.

먼저 도착해 기다리고 있던 대호가 전화를 받으며 수연에게 손을 흔들었다. 수연은 대호가 대혁의 형이라고 하기에는 나이가 훨씬 많아 보여 당황했다. 대혁과 전혀 닮지 않았지만 대호의 얼굴은 왠지 낯이 익었다. 수연은 대호와 마주 앉으며 그를 어디에서 봤는지 기억해내려 애썼다. 대호가 살짝 미소 지으며 수연에게 음료를 고르라고 권했다. 그때 한 여자가 대호에게 다가와 반갑게 웃으며 말을 걸었다.

"박대호 작가님이시죠? 소설 정말 재미있게 읽었어요. 얼마 전에 출연하신 방송도 잘 봤고요."

"연예인도 아닌데 어떻게 알아보시고. 쑥스럽네요. 읽어주셔서 감사합니다."

"작가님 소설 덕분에 언론이 왜 공정한 보도를 하지 않고 권력과 자본에 휘둘리는지 알게 됐어요. 언론 내부에서 벌어지는 일을 소설로 쓰기 쉽지 않았을 텐데 큰 용기를 내셨어요."

"그 꼴을 가만히 보고 앉아 있으려니 제가 답답해 죽을 것 같아서."

수연은 몇 달 전 읽은 책 표지에 실린 대호의 사진을 기억해내며 놀랐다. 그는 10년 넘게 기자로 활동하다 퇴사 후 언론계 내부 사정과 부조리를 사실적으로 담은 장편소설『짖는 개가 건강하다』를 출간해 사회적으로 큰 반향을 일으켰다.

대학에 진학하며 내심 기자를 꿈꿨지만 대호의 소설을 읽고 언론계에 회의를 느껴 꿈을 접었다는 수연의 말에 대호는 씁쓸하게 웃었다.

"제가 의도치 않게 수연 씨의 꿈을 꺾은 꼴이 됐네요."

"아니에요. 언론계 속사정을 소설로 미리 알게 돼 오히려 다행이라고 생각해요. 작가님이라고 불러도 되죠?"

"편하신 대로 부르세요."

"대혁이가 그동안 아무런 말도 해주지 않아서 작가님이 대혁이의 형이란 사실을 방금 알게 됐어요. 당황스럽네요."

"제 입으로 자기 이야기도 잘 하지 않는 녀석이 형 이야기를 했을 리가 없죠. 대혁이 성격 아시잖아요."

수연과 대호는 서로를 마주 보며 헛웃음을 터뜨렸다.
수연이 캐러멜 마키아토를 주문하며 대호에게 물었다.

"대혁이가 많이 늦둥이인가 봐요?"

"이야기하자면 많이 복잡해요. 나이 차는 많이 나지만 늦둥이라고 말하긴 어렵고. 지금부터 조금 긴 이야기를 해드리고 싶은데 괜찮을까요? 두서가 없더라도 이해해주세요."

대호는 수연에게 가족사를 털어놓았다.

대호와 대혁은 법적으로는 가족이지만 혈연은 아니었다. 대혁의 어머니는 대호에겐 새어머니였다. 대호의 아버지는 대호가 스물다섯 살이 되던 해에 대혁의 어머니와 재혼했다. 대혁의 어머니는 남편의 폭력을 견디다 못해 이혼한 후 홀로 대혁을 키우던 싱글맘이었고, 그때 대혁은 겨우 일곱 살 어린아이였다.

"대혁이의 어머니는 아버지의 자동차 부품 공장에서 제품 출하 전 품질 검사를 하던 직원이었어요. 저와 나이 차이도 얼마 나지 않아 제가 편하게 누님으로 부르던 사람이 갑자기 새어머니가 됐으니 제 입장에선 몹시 당황스러웠죠."

낭비벽이 심했던 대호의 어머니는 공장 운영에 쓸 공금을 수시로 몰래 빼돌려 사업을 위기에 빠뜨리곤 했다. 그녀가 도박에 빠지고 급기야 외도까지 하자 아버지는 대호를 위해 고심 끝에 이혼을 선택했다. 대호의 어머니는 아버지에게 거액의 위자료를 요구했으나 법원은 혼인 파탄의 주된 책임이 그녀에게 있다는 이유로 요구를 받아들이지 않았다. 대호의 어머니는 미련 없이 친권을 포기했다.

대호가 열 살이 되던 해의 일이었다.

오랜 세월 힘겹게 공장을 운영하며 홀로 대호를 키워온 아버지는 자신처럼 어려움을 겪고 홀로 아이를 키우던 대혁의 어머니에게 동병상련을 느껴 음으로 양으로 그녀를 도왔다. 대혁의 어머니 또한 자신에게 특별히 신경을 써주는 대호의 아버지를 믿고 따랐다.

"전남편까지 공장으로 찾아와 행패를 부리는 일이 벌어지자 아버지께선 대혁이의 어머니를 지켜줘야겠다고 결심하셨던 모양입니다. 그 결심이 재혼으로 이어졌고요. 저는 아버지의 인생은 아버지의 것이라고 생각해 내심 재혼을 응원해왔는데, 저와 나이 차이도 얼마 나지 않는 여자와 재혼하실 줄은 꿈에도 몰랐습니다. 게다가 저보다 한참 어린 동생까지 덤으로 생길 줄은 더더욱 몰랐죠."

대호의 아버지는 재혼 후 가장 먼저 대혁의 성을 바꾸었다. 초등학교 입학을 앞둔 대혁이 자신과 성이 달라 괜한 오해를 살지도 모른다는 우려에서 나온 배려였다. 가정법원에서 성본 변경 신청이 받아들여져 대혁의 성은 대호와 같아졌다. 공교롭게도 돌림자를 사용한 것처럼 이름 앞글자가 같아서 둘은 나이 차가 많이 나는 형제로 보이게 됐다. 그러나 법적으로 가족이 됐다는 이유만으로 서로 남이었던 이들이 갑자기 화목한 가정을 연출하기란 쉽지 않은 노릇이었다.

"새어머니는 저를 매우 어려워했고 대혁이 또한 갑작스러운 환경의 변화에 잘 적응하지 못했죠. 저 또한 새어머니와 대혁이를 어떻게 대해야 할지 감을 잡을 수 없었고요. 당시 저는 군에서 제대한 뒤 복학을 준비하고 있었는데 자취하기로 결정하고 집에서 나왔습니다. 그래야 모두가 편해지리라 생각했죠."

대혁의 어머니는 재혼한 뒤에도 공장에서 계속 일을 도왔다. 대호의 아버지가 만류해도 소용없었다. 그녀의 덕분인지 직원 월급을 겨우 줄 정도로만 굴러갔던 공장에 점차 활기가 돌았다. 사업은 번창했고 공장의 규모도 커졌다. 일이 없는 날이면 그녀는 집 앞마당에 화단을 가꿨다. 그녀의 손길이 닿은 마당은 황량함을 벗고 날로 화사해졌다. 대호는 가끔 집에 들를 때마다 눈에 띄게 느껴지는 변화에 감탄했다. 그러나 좋은 날은 그리 오래가지 못했다.

"사업이 너무 잘된 게 문제였어요. 새로운 직원을 뽑아 교육할 겨를도 없이 주문이 밀려들었어요. 저도 수업이 끝나자마자 공장으로 달려가서 일을 도와야 하는 날이 다반사였죠. 새어머니가 조금만 덜 바쁘게 일했더라면 아마도 갑작스럽게 사고를 당해 돌아가시는 일도 없었을 겁니다."

대혁의 어머니는 직원들이 모두 퇴근한 뒤 홀로 공장에 남아 잡무를 마치고 귀가하다가 뺑소니 사고를 당했다. 사고 발생 후 두 시간이 흐른 뒤에야 지나가던 행인에게 발견되어 가까운 병원 응급실로 실려 갔지만 몇 시간 만에 숨을 거뒀다. 조금만 일찍 병원으로 옮겨졌더라면…… 재혼한 지 겨우 3년 만에 벌어진 비극이었다. 다음 날 경찰에 검거된 뺑소니 용의자는 1톤 화물차 용달 트럭 운전사였다. 외벌이로 두 아들을 키우고 있던 그는 밥벌이가 막힐지도 모른다는 두려움 때문에 사고 현장에서 도주했다고 경찰에 진술하며 뒤늦게 참회의 눈물을 흘렸다.

문제는 대혁이었다. 피붙이 하나 없는 집에서 어린 대혁이 마음을 붙일 수 있는 곳은 어머니가 남긴 화단뿐이었다. 아버지는 배우자를 잃은 슬픔 속에서도 공장 일을 멈출 수 없어 대혁을 제대로 챙기지 못했다. 집에 홀로 남은 대혁은 어머니가 그랬던 것처럼 틈나는 대로 화단을 돌봤고, 길가에 핀 들꽃을 직접 화단에 옮겨다 심기도 했다. 본디 내성적이었던 대혁은 점점 더 말수를 잃어갔다. 그런 대혁이 안쓰러웠던 대호는 자취 생활을 정리하고 다시 집으로 들어왔다. 하지만 곧 서른을 앞둔 대호가 조카뻘인 대혁에게 해줄 수 있는 거라곤 용돈을 주고 필요한 게 없느냐고 묻는 일 외엔 없었다.

대혁은 대호가 쓰던 방에 오랫동안 방치돼 있던 기타에 관심을 보였다. 대호는 대혁의 몸에 맞는 작은 기타를 선물해주고 연주하는 방법을 가르쳐줬다. 얼마 지나지 않아 대혁의 연주 실력은 대호가 가르쳐줄 필요가 없을 정도로 일취월장했다. 대호는 대혁이 한 살 한 살 먹으며 자랄 때마다 몸에 맞는 기타를 선물해주고 들을 만한 앨범을 건네주는 일로 형 노릇을 대신했다. 좀처럼 대호에게 먼저 말을 걸지 않았던 대혁도 시간이 흐르면서 점점 대호를 형으로 믿고 의지하게 됐다.

대호의 이야기를 듣던 수연은 그간 대혁에 관해 아는 게 별로 없었음을 새삼스럽게 깨달았다. 그리고 동시에 의문을 느꼈다.

"저도 고등학교 때 아빠가 돌아가셨거든요. 저보다 어렸을 때 사고로 엄마를 잃은 대혁이가 어떤 심정이었을지 조금은 알 것 같아요. 하지만 제가 이해할 수 없는 건…… 아까 통화할 때 제게 연락을 주신 이유가 저와 관련이 있기 때문이라고 말씀하셨는데 지금까지 해주신 이야기가 저와 무슨 관련이 있나요? 저는 잘 모르겠어요."

"대혁이가 어떤 성격을 가진 녀석인지 설명하자면 가족사를 언급하지 않을 수 없어서 말이 길어졌습니다. 제가 아는 대

혁이는 말수도 없고 속내를 거의 드러내지 않지만 누구보다
도 속정이 깊은 녀석이에요."

수연은 무대에서 말없이 든든하게 뒤를 받쳐주던 대혁을
떠올리며 고개를 끄덕였다. 대호는 자신의 백팩에서 서류
봉투 하나를 꺼내 테이블 위에 올려놓더니 그것을 수연 앞
으로 밀었다. 수연이 의아해하며 물었다.

"이 봉투는 뭐죠?"
"수연 씨가 읽어보았으면 해서 챙겨온 겁니다."

수연은 봉투를 열어 내용물을 확인했다. 봉투 안에는 손
으로 쓴 글씨가 적힌 복사물 몇 장이 들어 있었고, 각 복사
물의 상단에는 공통으로 연월일이 적혀 있었다.

"일기인가 보네요. 대혁이가 쓴 일기인가요?"
"네. 대혁이가 어렸을 때부터 꾸준히 일기를 써왔다는 사실
을 저도 최근에야 알았습니다."

대호는 군에서 훈련을 받던 중 사고를 당해 중상을 입은
대혁을 즉시 민간병원으로 옮겼다. 군 병원을 신뢰하기 어렵
다는 이유에서였다.

대호는 기자로 일하던 시절 국방부에 출입하며 군 병원에서 발생하는 수많은 의료사고를 접하였고, 기사를 통해 끈질기게 군 의료시스템의 문제점을 지적했다. 그러한 노력은, 경증 환자는 군 병원에서 우선 치료하고 중증 환자는 민간병원에 의뢰한다는 내용을 골자로 한 군 의료시스템 개편 방안 마련으로 이어졌으나 여전히 미흡하다는 게 대호의 생각이었다.

대혁을 민간병원에 입원시킨 대호는 사고 현장에 들러 훈련 중 무너진 나무다리의 안전 검사가 제대로 이뤄졌는지 여부와 훈련 부대 측의 사전 안전 점검이 충분했는지 여부를 취재했다. 그리고 그 과정에서 해당 지방자치단체가 별도로 나무다리의 하중 검사를 하지 않았다는 사실을 알아냈을 뿐만 아니라 하중 검사를 받지 않은 다리가 사고 현장에서 멀지 않은 곳에 몇 개 더 있다는 사실도 밝혀냈다. 대호는 자신이 취재한 내용을 해당 지역 언론사에 제보하는 한편, 사고가 발생한 부대에 대혁이 쓴 수양록(군인에게 제공되는 일기장) 열람을 요구했다. 수양록에 적힌 내용이 군에서 발생하는 각종 사고의 원인을 규명하는 단서가 되는 일이 많기 때문이었다. 대호는 대혁의 수양록에서 사고와 관련한 내용을 찾아내진 못 했다. 다만 눈에 띄는 건 수양록 곳곳에 적혀 있는 수연의 이름이었다.

수연은 전혀 예상하지 못한 대호의 말에 몹시 놀랐다.

"제 이름이요? 대혁이가 왜 제 이름을."

"그 부분이 흥미롭게 느껴져서 집으로 돌아와 수연이란 사람이 누구인지 단서를 찾으려 대혁이의 방을 뒤졌습니다. 책상 서랍에서 대혁이가 쓴 많은 일기장들을 발견했습니다. 대혁이에겐 조금 미안한 일이지만, 그 일기장들을 꼼꼼하게 읽어봤습니다."

대호는 대혁의 일기장들을 들여다본 지 얼마 지나지 않아 수연의 이름을 발견했다. 수연의 이름이 처음 언급된 건 대혁이 초등학교 6학년 때 쓴 일기에서였다.

"그 무렵에 대혁이가 쓴 일기의 상당 부분은 수연 씨와 관련한 내용이었습니다. 수연 씨와 친하게 지내고 싶은데 어떻게 해야 할지 몰라 전전긍긍하는 모습이 엿보이더군요. 감정 표현을 거의 하지 않는 녀석이다 보니 그때 대혁이가 홀로 이런 고민을 하고 있었을 줄은 꿈에도 몰랐습니다."

수연은 초등학교 6학년 시절을 떠올려봤지만 대혁에 관한 기억이 거의 없었다. 누가 시키지 않아도 나서서 화단을 돌보던 모습 정도가 대혁에 관한 기억의 전부였다.

"작가님. 저는 솔직히 지금 이 상황을 어떻게 받아들여야 할지 모르겠어요. 작가님이 지금까지 하신 말씀은 대혁이가 저를 짝사랑했다는 말로 들리는데, 맞나요?"

"네. 그것도 아주 오래."

대호가 지갑에서 무언가를 꺼냈다. 수연이 몇 달 전 대혁과 함께 신병교육대 앞에서 촬영한 폴라로이드 사진이었다.

"대혁이의 군복 앞주머니에 들어 있던 사진입니다. 대혁이는 군에서 이 사진을 늘 몸에 지니고 다녔나 봅니다. 지금 수연 씨의 심경이 복잡하고 혼란스러우리라는 걸 알면서도 형 입장에서 대혁이의 마음을 모르는 척하기가 어렵더군요. 이 기적으로 들릴지 모르지만 이 사진과 일기를 보고 대혁이가 수연 씨를 얼마나 마음에 크게 뒀는지 정도는 수연 씨에게 알려야 한다고 생각했습니다. 언제 깨어날지 알 수 없을 만큼 대혁이의 상태가 위중한 터라."

대호는 자리에서 일어나며 수연에게 부탁했다.

"조금 전에 드린 대혁이의 일기를 읽어보세요. 아무래도 제가 자리를 피해드려야 편하게 읽을 수 있겠죠? 궁금한 부분이 있으면 언제든지 연락주세요."

카페 밖으로 향하던 대호가 발걸음을 멈추고 뒤돌아 수연을 바라보며 잠시 머뭇거리더니 다시 수연에게 다가왔다.

"사진을 보고 짐작했는데 이렇게 직접 만나서 보니 알 것 같습니다. 대혁이가 왜 그렇게 오랫동안 수연 씨를 마음에 뒀는지. 이런 말을 하면 실례일지 모르지만 수연 씨는 돌아가신 새어머니와 많이 닮았습니다."

대호가 카페에서 떠난 뒤 수연은 그가 남긴 마지막 말을 곱씹으며 돌아가신 외할아버지의 젊었을 때 모습이 담긴 오래된 사진을 떠올렸다. 사진 속에 담긴 외할아버지의 모습은 아버지와 형제라고 해도 믿을 수 있을 정도로 닮아 있었다. 수연은 어머니에게 아버지와 결혼한 이유가 아버지가 외할아버지와 닮았기 때문이었냐고 물었다. 어머니는 그런 이유로 아버지와 결혼을 결정한 건 아니었는데 나중에 그런 말을 하는 친척들이 많아 놀랐다고 했다.

"시간이 지났으니 웃으며 말할 수 있는데, 사실 젊었을 때 네 아빠보다 더 잘생기고 잘난 사람과 선을 본 일도 꽤 있었어. 그런데도 나는 네 아빠가 처음부터 참 좋았다. 살아보니까 누군가에게 끌리거나 끌리지 않는 명확한 이유를 알기 어렵더라. 끌릴 만한 이유가 전혀 없는데 이상하게 그 사람이 생각나고 또 만나고 싶어질 때가 있거든. 왜 끌리는지 이유를 알지 못해 당혹스럽기도 하고."

"나도 그런 감정을 느낄 날이 올까? 그땐 어떤 선택을 하는 게 좋을까?"

"상대방이 너를 밀어내지 않는다면 그 감정을 믿고 따라가 봐. 결과가 반드시 좋으리란 보장은 없지만 시도조차 해보지 않고 후회하는 것보단 낫잖아?"

수연은 서류 봉투에서 대혁의 일기가 담긴 복사물을 꺼내 찬찬히 살폈다. 첫 장에 씌어 있는 일기의 날짜는 6년 전 3월 13일이었다. 중학교에 진학한 대혁은 초등학교 졸업 전까지 수연과 친해지기는커녕 제대로 된 대화조차 나눠보지 못한 것을 몹시 후회하고 있었다. 그리고 고민 끝에 초등학교 졸업앨범에 기재된 수연의 주소로 화이트데이 선물을 보냈지만 부끄러운 마음이 들어 발신자란에 자신의 이름과 주소를 적지 못하고 빈칸으로 남겼다.

'설마 그 상자가 대혁이가 보낸 선물?'

수연은 며칠 전 벽장을 열었다가 무심코 지나쳤던 먼지 쌓인 선물 상자를 떠올리며 흠칫했다. 대혁은 매년 졸업앨범에 적힌 주소로 수연에게 화이트데이 선물을 보낸 모양이었다.

중학교 1학년을 마치고 대전으로 전학을 간 수연에게 선물이 전달될 리 없었다. 대혁은 뜬금없이 선물을 받은 수연이 자신을 이상하게 여길까 두려워 선물을 보낼 때 단 한 번도 발신자란에 자신의 이름과 주소를 적지 못했다. 매년 발신자란을 비운 채 수연에게 보내는 화이트데이 선물이 대혁이 자신의 감정을 표현할 수 있는 한계였다.

대혁이 마침내 화이트데이 선물을 직접 전해주겠다고 마음먹었을 때는 이미 한발 늦은 뒤였다. 형우가 수연에게 선물을 건네는 모습을 보고 마음을 접었던 것이다. 대혁의 일기에는 그 답답하고 복잡한 심경이 고스란히 기록돼 있었다.

더욱 놀라운 사실은 대혁이 수연과 같은 대학 같은 과에 진학한 게 우연이 아니었다는 점이다. 수연은 수시 모집으로 대학에 합격한 뒤 자신의 인스타그램 계정을 통해 그 사실을 알린 일이 있다. 팔로워도 몇 없는 방치된 계정에 올라온 게시물이 대혁의 진학을 결정했다. 수학능력시험에서 매우 우수한 성적을 거둬 수시 대신 정시 모집을 염두에 두고 있던 대혁은 더 나은 대학과 전공을 선택할 수 있었음에도 수연과 같은 대학 같은 과를 지원해 합격했다. 오로지 수연을 다시 만나기 위한 선택이었다.

사교성을 키우고자 용기 내 가입한 동아리에서 우연히 수연과 마주쳤을 때의 짧은 설렘과 기쁨, 수업에서 마주칠 때마다 먼저 인사말조차 건네지 못해 답답했던 마음, 형우가 수연에게 고백하는 모습을 보며 느꼈던 자괴감, 축제에서 자신이 수연을 생각하며 만든 노래를 형우가 불렀을 때의 무력감, 이 모든 감정을 드러내지 못하고 그저 먼 곳에서 수연의 뒷모습만 바라볼 수밖에 없었던 슬픈 심경. 수연과 같은 공간에 있는 내내 대혁의 마음은 지옥이었고, 일기장은 대혁이 지옥으로부터 잠시나마 벗어날 수 있는 쉼터였다. 대혁이 모두에게 알리지 않고 입대를 지원한 이유도 수연과 떨어져 있으며 괴로운 감정에서 벗어나기 위함이었다.

　　수연은 오랜 시간 동안 자신을 향해 달려와준 누군가가 있었다는 사실이 놀랍고 믿기지 않았다. 그리고 홀로 괴로움을 꾹꾹 눌러 삭혔을 대혁을 생각하자 가슴이 미어졌다. 수연은 자신도 모르게 소리치며 흐느꼈다.

　　"세상에 이런 바보가 어디 있어!"

Book OST 「눈물」

꽃이 전하는 말

　수연은 집으로 돌아와 벽장 앞에 섰다. 대혁의 일기를 통해 수연은 대혁이 매년 자신에게 화이트데이 선물을 보낼 때 편지를 동봉했다는 사실을 알 수 있었다. 그러나 수연은 6년 전 화이트데이 때 받은 선물 상자에서 편지를 발견한 일이 없었다. 벽장을 열어 상자를 꺼냈다. 상자 속에 담긴 물건은 어지럽게 담긴 사탕과 초콜릿 포장지, 활짝 핀 라일락을 촬영한 사진 한 장이 전부였다. 사진을 자세히 살펴봤지만 아무런 글씨도 적혀 있지 않았다. 오래전 기억을 수차례 되돌려봐도 편지를 읽은 기억은 없었다. 혹시 예전에 살던 집으로 찾아가면 무언가 단서가 나오지 않을까.

다음 날 오후 수업을 끝낸 수연은 6년 전 대전으로 전학을 가기 전에 살았던 집으로 향했다. 당시 수연의 가족은 개천이 내려다보이는 서울 변두리 단독주택에서 살았다. 수연은 당시에도 낡았던 단독주택이 지금도 여전히 그 자리에 있을지 의문이 들었다. 설사 그 집이 그 자리에 그대로 있다고 해도 대혁이 보낸 화이트데이 선물의 흔적이 남아 있을 가능성은 크지 않다고 생각했다. 하지만 수연은 약간의 가능성이라도 있다면 대혁이 편지로 자신에게 전하고 싶은 말이 무엇이었는지 확인하고 싶었다. 그래야만 마음을 정리할 수 있을 것 같았다.

오랜만에 찾은 옛 동네에는 예상보다 익숙한 풍경이 많이 잔재해 있었다. 빌라가 더 늘었고, 외부 리모델링으로 낡은 티를 벗은 단독주택이 많아졌다는 게 변화라면 변화였다. 수연이 살았던 집은 대문이 바뀌었다는 점만 제외하면 예전 모습 그대로였다. 수연은 다행이라고 생각하면서도 현재 이 집에 사는 사람들에게 자신이 찾아온 이유를 어떻게 설명해야 할지 고민이 됐다. 수연은 대문 앞에서 망설이며 서성거리다가 될 대로 되라는 심정으로 초인종 버튼을 눌렀다. 잠시 후 인터폰을 통해 목소리가 들렸다. 수연은 자신을 소개할 만한 적당한 단어를 찾지 못해 대답을 망설이다가 말을 더듬었다.

"저는…… 예전에 이 집에서 살았던 사람이에요."

"그런데 무슨 일이시죠?"

"확인할 게 좀 있어서요. 제가 받아야 할 우편물이 계속 이 집으로 배달됐던 모양이더라고요."

인터폰이 끊어지고 대문이 열렸다. 수연은 천천히 대문을 밀며 안으로 들어갔다. 세월이 지난 만큼 마당의 풍경은 예전과 달랐지만 담장 옆 감나무는 원래 있던 자리에 그대로 보존돼 있었다. 현관문이 열리면서 집주인으로 보이는 중년 여성이 모습을 드러냈다. 수연은 깊이 고개를 숙이며 인사했다.

"당황스러우실 텐데 잠시 실례할게요."

"예전에 이 집에서 살았다고요?"

"네. 여기서 살다가 6년 전에 이사했어요."

"기억이 날 듯 말 듯 하네요. 우리는 그때부터 여기에서 계속 살고 있어요. 그쪽에게 가야 할 우편물이 우리 집으로 계속 배달됐다고 했죠?"

"네. 혹시 그런 우편물이 없는지 확인하려고 들렀어요."

"우리 애가 알고 있을지 모르겠네요. 날이 추운데 안으로 들어오세요. 지영아! 잠깐 거실로 나와볼래?"

집주인을 따라 안으로 들어가자 익숙한 방 구조가 눈에 들어왔다. 벽지를 새로 발라서 분위기가 달라지긴 했지만 수연이 가족과 함께했던 시간을 떠올리기에는 충분히 익숙한 풍경이었다. 예전에 수연이 쓰던 방에서 고등학생으로 보이는 여자아이가 부리나케 문을 열고 나왔다. 집주인의 딸인 지영이었다. 지영은 상기된 얼굴로 수연에게 다급하게 물었다.

"언니! 언니 이름이 김수연 맞죠? 그렇죠?"

지영이 처음 만난 자신을 바로 알아보자 수연은 대혁이 보낸 화이트데이 선물이 매년 이 집에 배달됐음을 직감했다. 지영은 감격한 듯 손뼉을 치며 활짝 웃었다.

"엄마, 맞잖아! 내가 언젠가는 분명히 찾아올 거라고 말했잖아! 진짜지? 내 말 맞지? 제 방으로 들어오세요. 안 그래도 언니에게 해줄 이야기가 많아요."

수연은 지영의 호들갑 때문에 터져 나오려는 웃음을 참으며 지영의 뒤를 따랐다. 방으로 들어온 수연은 이리저리 둘러보며 혼잣말을 했다.

"예전에 이 방을 썼었는데……."

"그래요? 지금은 많이 바뀌었죠?"

"그러네요. 제가 쓸 때보다 훨씬 화사하네요."

"언니, 그냥 편하게 말씀하세요. 존대하시니 제가 더 부담스러워서 그래요."

"그래도 될지……."

"제 이름은 지영이에요. 편하게 부르세요. 괜찮아요."

지영은 수연을 바라보며 씽긋 웃었다. 선명한 여드름 자국을 드러내며 웃는 지영의 모습이 귀여워 수연은 자신도 모르게 미소를 지었다.

지영은 의자를 옷장 앞으로 가져가 의자 위에 올라서더니 옷장 위에서 상자를 꺼내 수연에게 보여줬다.

"언니가 찾는 게 이거 맞죠?"

"아마도 맞는 것 같아. 아니, 맞을 거야!"

지영은 수연에게 상자를 받으라고 손짓했다.

"상자가 많아요. 언니가 좀 도와주셔야 해요."

지영이 옷장 위에서 꺼낸 상자의 수는 다섯 개였다.

"매년 화이트데이 때마다 선물 상자가 집으로 배달됐어요. 안타깝게도 그 안에 들어 있던 물건은 제가 모두 먹어버려서 드릴 게 없네요."

지영은 미안하다는 듯 익살스러운 표정을 지어 보이며 혀를 내밀었다. 수연은 웃으며 고개를 저었다.

"괜찮아, 미안해하지 않아도 돼."
"누가 보냈는지 알 길이 없어서 반송할 수도 없었고, 언니가 어디에 살고 있는지도 몰라서 제가 얼렁뚱땅 내용물을 꿀꺽했어요. 덕분에 매년 화이트데이 때마다 선물이 끊길 일은 없었죠. 그래도 혹시나 하는 마음에 나머지 물건은 모두 챙겨놓았어요. 누군가가 정성스럽게 보낸 물건을 내용물만 먹고 모른 척하는 건 양심에 찔려서요. 그리고 왠지 모르지만 선물의 주인이 언젠가 꼭 찾아올 것 같았어요."

수연은 지영의 마음 씀씀이가 고마웠다. 지영이 상자 위에 얇게 덮인 먼지를 손으로 털어내며 수연에게 물었다.

"언니, 이 선물을 보낸 사람이 누군지 알아요?"

수연이 말없이 고개를 끄덕이자 지영은 감탄하며 손뼉을 쳤다.

"정말 부러워요, 언니! 세상에 어떤 사람이 매년 이렇게 정성스럽게 선물을 보내겠어요?"

수연은 중환자실에 누워 있을 대혁을 생각하며 쓸쓸하게 웃고는 지영과 함께 차례로 상자를 열었다. 상자 속에 들어 있는 물건은 사탕과 초콜릿 포장지, 장식품 몇 개가 전부였다. 어떤 상자에도 대혁이 일기에 언급한 편지는 없어 수연은 낙담했다.

"혹시 선물 상자에 편지 같은 건 없었니?"
"편지요? 편지를 본 일은 한 번도 없어요."
"이상하네. 분명히 편지가 있어야 하는데."

수연의 말을 듣고 무언가를 골똘히 생각하던 지영이 입을 열었다.

"만약에 그 물건이 편지라면, 보내신 분은 정말 괴짜 중의 괴짜인데요? 이게 무슨 수수께끼나 스무고개도 아니고. 생각할수록 재미있네요. 대단한데요?"

지영은 책상 서랍에서 무언가를 꺼냈다.

엽서를 담을 만한 크기의 봉투였다.

지영은 봉투에서 내용물을 꺼내 바닥에 펼쳤다.

다양한 꽃의 모습을 담은 사진 다섯 장이었다.

수연은 사진을 살피며 어리둥절해했다.

"이 사진이 무슨 편지라는 거니?"

"편지라는 말은 어디까지나 제 가정이에요. 하지만 이 사진들이 무언가 내용을 담고 있다는 건 확실해요. 연애편지다운 일관성도 있고요. 사진 속의 꽃이 무슨 꽃인지 알아보다가 제가 취미로 꽃 사진까지 찍게 됐을 정도라니까요. 이 사진들이 정말로 편지라면, 보낸 분과의 관계를 다시 한번 생각해보세요. 변태일지도 모르니까. 농담이에요. 이렇게 편지를 쓰면 세상에, 누가 알아봐요. 알아보는 사람이 더 이상하지."

지영은 킥킥 웃으며 책꽂이에서 두꺼운 책 한 권을 꺼냈다. 다양한 꽃과 식물의 사진이 실린 도감이었다.

"사진에 담긴 꽃이 무슨 꽃인지 궁금해서 몇 년 전에 산 도감이에요. 요즘에는 스마트폰 앱으로도 모르는 꽃의 이름을 확인할 수 있는데 모든 꽃을 구분할 수 있을 만큼 정확하진 않더라고요. 도감과 앱을 함께 활용하면 확실하게 꽃을 구분할 수 있어요. 여기 한번 보세요. 제가 매년 선물이 도착한 순서대로 꽃 사진을 펼쳐놓았어요."

수연은 지영이 바닥에 펼쳐놓은 순서대로 사진 속 꽃을 살폈다.

"첫 사진은 해바라기네. 그다음 꽃은 팬지 맞지?"

"잘 아시네요?"

"다음 꽃은 자주 본 꽃이긴 한데…… 들국화니?"

"이 꽃은 쑥부쟁이예요. 가을에 길가에서 흔히 보이는 들꽃이에요. 국화과 꽃이니 들국화이긴 하네요. 사실 들국화라는 이름을 가진 꽃은 없거든요. 길에서 보이는 국화과 꽃은 모두 들국화라고 말해도 틀리지 않아요."

"그렇구나. 이 꽃은 처음 보는 꽃이라서 모르겠어."

"물망초라는 꽃이에요. 앙증맞게 생겼죠? 실제로 보면 더 앙증맞아요."

"다음 꽃도 잘 모르겠다. 이 꽃도 어디에서 본 꽃 같긴 한데. 무슨 꽃이니?"

"달맞이꽃이에요. 여름에 길가나 공터에 흔하게 자라는 식물인데 이름 그대로 해가 떨어진 후에만 꽃을 피워요. 이 꽃과 비슷하게 생겼는데 낮에 피어 있는 꽃을 봤다면 아마도 애기똥풀이었을 거예요."

수연은 지영의 꽃에 관한 상세한 지식에 놀라며 마지막 사진을 가리켰다.

"이 꽃은 나도 아는 꽃이다. 튤립이지?"
"맞아요. 그런데 빨간 튤립이란 사실이 중요해요."
"그게 무슨 의미니?"
"그건 제가 앞으로 천천히 설명해드릴게요."

지영은 도감의 목차에서 해바라기를 찾아 해당 페이지를 펼치고는 손가락으로 페이지의 하단을 가리켰다.

"제 예상대로라면 아마도 이 부분이 편지의 내용일 거예요."

지영이 가리킨 부분에는 해바라기의 꽃말이 적혀 있었다. 그것은 '그리움'이었다. 지영은 수연에게 도감을 건넸다.

"이제 언니가 직접 편지의 내용을 확인해보셔야죠?"

수연은 도감의 목차를 뒤져 꽃말을 찾았다. 팬지의 꽃말은 '나를 생각해주세요', 쑥부쟁이의 꽃말은 '기다림', 물망초의 꽃말은 '나를 잊지 마세요', 달맞이꽃의 꽃말은 '말 없는 사랑', 빨간 튤립의 꽃말은 '사랑의 고백'이었다.

수연의 눈앞이 흐려졌다. 수연은 자신의 방 벽장 속 선물 상자에서 찾은 라일락 사진을 떠올리며 도감을 뒤졌다. 라일락의 꽃말은 '첫사랑'이었다. 수연은 두 손으로 얼굴을 감싸며 흐르는 눈물을 감췄다.

"언니, 괜찮아요?"
"라일락…… 내가 처음에 받은 편지야."

지영이 도감에서 라일락의 꽃말을 확인하며 밝은 미소를 지었다. 그러고는 사진들을 모두 봉투에 다시 담아 수연에게 건넸다.

"지영아, 정말 고마워. 오랜 시간 동안 편지들을 소중하게 간직해줘서."

자리에서 일어나는 수연을 붙잡으며 지영이 말했다.

"언니, 날이 추운데 저녁 먹고 가요. 이런 만남도 인연이라면 소중한 인연인데 그냥 가면 서운해요."
"고맙지만 들러야 할 곳이 있어서 그래. 오늘은 이만 가볼게. 다음에 꼭 들를게."

지영은 메모지에 급히 무언가를 적어 수연의 코트 주머니에 찔러 넣었다.

"제 휴대폰 번호예요. 앞으로 언니에게 어떤 일들이 벌어질지 너무 궁금해서요. 혹시 더 궁금한 게 있으면 꼭 연락주시고요. 꼭이요!"
"그래. 알았어."

현관문을 열고 나오자 수연의 어깨 위로 굵은 눈송이가 떨어졌다. 마당에는 이미 눈이 꽤 많이 쌓여 있었다. 갑작스럽게 내리는 폭설에 난감해하는 수연에게 지영이 다가와 우산을 건네며 파이팅을 외쳤다. 수연은 지영에게 작별 인사를 한 뒤 대호에게 전화를 걸어 조금 전까지 있었던 일들을 전했다.

"아마 대혁이 방에 대혁이가 제게 전달하지 못한 선물 상자가 있을 거예요. 그 상자 안에 꽃 사진이 있는지 확인해주실래요?"
"그래요. 확인해보고 다시 연락을 드릴게요."

잠시 후 대호가 수연에게 전화를 걸어 격앙된 목소리로 말했다.

"수연 씨 말대로 상자 속에 꽃 사진이 있어요!"

"정말요? 무슨 꽃인지 알 수 있을까요?"

"제가 꽃에 관해선 문외한이라 잘 모릅니다. 사진을 찍어서 메시지로 보내드릴게요."

잠시 후 대호에게서 꽃 사진을 찍은 메시지가 도착했다. 그런데 아무리 살펴봐도 무슨 꽃인지 알 수 없어 수연은 지영의 휴대폰으로 사진을 전달했다.

지영이 바로 수연에게 전화를 걸어왔다.

"언니. 이 사진은 뭔가요? 느낌이 아주 싸한데요?"

"무슨 꽃인지 아니?"

"상사화예요. 꽃이 필 때 잎이 나오지 않고 잎이 자랄 때는 꽃이 피지 않는 특이한 식물이에요."

"확실하지는 않은데, 아무래도 그 꽃 사진이 내가 받은 마지막 편지 같아. 그 꽃의 꽃말은 뭐니?"

지영이 망설이다가 기운 없는 목소리를 냈다.

"이뤄질 수 없는 사랑이에요."

눈발이 시야를 가릴 정도로 거세졌다. 수연은 대로변으로 나와 택시를 잡은 뒤 기사에게 사랑병원으로 가달라고 부탁했다. 대책은 없었다. 하지만 대혁이 이대로 편지를 끝내면 안 된다고 수연은 생각했다. 더 늦기 전에 대혁에게 직접 고맙다는 말을 전하고 싶었다.

수연은 아버지가 쓰러져 갑작스럽게 돌아가신 날을 떠올렸다. 그날 자습실에서 조금만이라도 일찍 빠져나와 응급실로 달려갔다면 아버지에게 사랑한다는 말을 전할 수 있었을까. 혼수상태에 있더라도 뇌의 운동제어 중추 손상으로 의사 표현을 하지 못할 뿐 완전한 무의식 상태는 아니라고 하던데…… 의식이 없어도 청신경은 살아 있으므로 환자에게 평소 좋아하던 음악이나 가족들의 목소리를 들려주면 회복에 좋다고도 했다. 아버지가 세상을 떠난 후 어느 의학 전문지에서 그런 기사를 읽고 수연은 아버지가 마지막 순간까지 애타게 딸을 찾았을지도 모른다는 생각이 들어 며칠 동안 후회의 눈물을 흘리며 괴로워했다. 수연은 또다시 그런 후회를 남기지 말아야 한다고 다짐했다.

점점 속도를 늦추던 택시가 올림픽대교 중간에서 멈춰섰다. 택시 앞에 차들이 빽빽하게 늘어선 채 도로는 극심한 정체를 빚고 있었다.

시간은 중환자실 면회가 시작되는 오후 8시를 막 지나쳤다. 다리만 건너면 바로 병원에 도착할 수 있는데 도로가 정체되자 수연은 마음이 급해졌다.

수연은 기사에게 도로가 막히는 이유를 물었지만, 기사도 모르겠다는 듯 어깨를 으쓱했다. 그때 라디오에서 사고를 알리는 돌발 교통 정보가 흘러나왔다. 올림픽대교 남단 끝에서 눈길 미끄럼 때문에 5중 추돌사고가 발생해 도로 정체를 빚고 있다는 내용이었다. 기사는 백미러로 뒷좌석에 앉은 수연을 보며 난감함을 표했다.

"들으셨죠? 이거 꼼짝도 할 수 없는 상황이네요. 다리만 건너면 바로 병원인데 이것 참."
"여기서 빠져나갈 방법은 전혀 없는 건가요?"

기사는 뒤를 돌아보며 수연에게 답답함을 토로했다.

"바깥을 보세요. 앞뒤로 꽉꽉 막혔는데 무슨 수로 빠져나갑니까. 별수 있나요. 기다리는 수밖에."
"20분, 아니 30분 내로 병원에 도착할 수 있을까요?"
"그건 저도 모르죠."

기사의 심드렁한 반응에 수연은 마음이 다급해졌다. 아무리 몇 번이고 앞뒤를 살펴봐도 꽉 막힌 도로에서 택시가 빠져날 방법은 없어 보였다. 수연은 이를 악물며 교통카드로 택시비를 결제했다. 놀란 기사가 목소리를 높였다.

"여기서 내리겠다고요? 눈발이 저렇게 거센데 어떻게 다리를 건너가려고 그래요?"

수연은 아무런 대꾸 없이 택시에서 내려 눈보라 속으로 뛰어들었다. 갑자기 목구멍으로 밀려 들어온 차가운 바람에 기침이 났다. 수연은 코트 소매로 입을 막으며 병원 방향으로 뛰었다. 한참을 뛰어도 병원까지의 거리는 좀처럼 좁혀지지 않았다. 지친 수연은 숨을 헐떡이며 뛰다가 멈춰 서기를 반복했다. 코트를 뚫고 들어온 찬바람이 살갗을 아프게 파고들었고 신발 속으로 스며든 눈이 녹아 발을 차갑게 적셨다.

잠시 멈춰 서서 숨을 고르다가 오른쪽으로 고개를 돌리자 한강이 보였다. 빛을 모두 흡수해버린 듯 검은 강물은 수연을 불안하게 만들었다. 다시 뛰려던 수연은 바닥에 쌓인 눈에 미끄러져 앞으로 넘어졌다. 눈물이 차올라 눈앞이 흐려졌다. 다리에 힘이 풀려 일어서지도 못 한 채 수연은 그 자리에 주저앉아 엉엉 울었다.

수연은 울고 있는 자신의 모습을 돌아보며 문득 어릴 적 가족과 함께 어딘가 유원지로 놀러 갔을 때의 기억이 겹쳐지는 것을 느꼈다.

어느 따뜻한 봄날, 수연은 잔디밭을 가로질러 아버지에게 달려가고 있었다. 잔디밭 바깥에 서 있던 아버지는 수연에게 어서 오라고 손짓했다. 아버지를 향해 달려가다가 발을 헛디뎌 넘어진 수연은 엉엉 울면서 아버지를 불렀다. 아버지는 수연에게 다가오지 않고 어서 달려오라는 듯 두 팔을 벌리며 활짝 웃었다. 아버지의 웃는 얼굴을 보고 수연은 울음을 그쳤다. 향긋한 풀냄새가 수연의 코끝을 감쌌다. 풀냄새를 버팀목 삼아 힘을 낸 수연은 다시 일어나서 달려가 아버지의 품에 안겼다.

수연은 울음을 멈추고 고개를 들어 하늘을 바라봤다. 얼굴 위로 눈송이가 떨어져 녹아내렸다. 눈송이와 눈물이 뒤범벅되어 뺨을 타고 흘러내렸다. 수연은 손등으로 눈물을 닦으며 병원 방향으로 시선을 돌렸다. 조금만 더 빨리 달려가면 면회 시간 내 병원에 닿을 수 있을 것 같았다. 수연은 자리를 털고 일어나 다시 달릴 준비를 했다. 멈춰 선 차 안에서 사람들이 황당하다는 눈빛으로 수연을 지켜봤다.

수연은 사람들의 시선을 무시한 채 카운트를 센 후 달리기를 시작했다. 웃는 얼굴로 자신의 짜증을 다 받아주던 아버지의 모습이 수연의 머릿속을 스쳐 지나갔다. 수연에게 떠나지 말아달라고 간절히 외치던 형우의 모습도 떠올랐다. 그리고 형우의 모습 위로 바다에서 홀로 오카리나를 불던 대혁의 모습이 겹쳐졌다.

수연은 흐르는 눈물을 코트 소매로 훔치며 계속 뛰었다. 눈에 젖어 차가워진 두 발에 피가 돌며 감각이 되살아났다. 수연은 가쁜 숨을 몰아쉬면서도 조금 전보다 달리기가 수월해져 놀랐다. 눈보라에 가려졌던 시야가 점점 선명해졌다. 병원 불빛이 점점 가까워지고 있었다. 수연은 가슴에서 뜨거운 무언가가 솟아오르는 듯한 느낌을 받았다.

병원 앞에 도착한 수연은 두 다리에 힘이 풀려 주저앉고 말았다. 수연은 숨을 헐떡이며 시계를 봤다. 저녁 8시 20분, 아직 면회 시간이 10분가량 남아 있었다. 수연은 남은 힘을 짜내 일어나 병원 안으로 뛰어 들어갔다. 그리고 숨넘어가는 목소리로 안내 데스크에 대혁이 있는 중환자실이 어딘지 물었다. 온몸이 눈에 젖은 수연의 모습을 보고 당황한 직원은 위치를 알려주며 말을 더듬었다.

대혁이 입원한 중환자실은 3층에 있었다. 수연은 계단으로 내달렸다. 중환자실에 도착한 수연은 긴장감 속에서 면회용 가운을 걸쳤다. 장갑과 마스크 착용까지 마친 수연은 심호흡하며 중환자실 문을 열었다. 중환자실 문이 열리는 소리가 자신의 방 안 낡은 벽장 문이 열리는 소리와 비슷해 묘한 기분이 들었다. 안쪽으로 조금 더 걸어 들어가자 병상에 누워 있는 대혁의 모습이 보였다. 대혁의 상태는 한눈에 봐도 그리 좋지 않음을 알 수 있었다.

수연은 천천히 병상으로 다가가 대혁을 불렀다. 목소리는 목구멍을 맴돌 뿐 입 밖으로 터져 나오지 않았다. 수연은 병상 앞에서 무너지며 참았던 눈물을 터뜨렸다. 그때서야 목소리도 눈물을 타고 함께 흘러나왔다.

"대혁아…… 오랜 시간 나를 좋아해줘서 고마워."

밸런타인데이

2월 같지 않은 따뜻한 햇볕이 두껍게 얼어붙은 빙판길을 녹였다. 모처럼 날씨가 따뜻해지자 집 안에서 웅크리고 있던 아이들이 하나둘씩 낡은 아파트 바깥으로 빠져나왔다. 아이들은 약속이라도 한 듯이 아파트가 드리운 그늘에 녹지 않고 쌓여 있는 눈으로 눈싸움을 벌였다. 몇몇 아이들은 눈덩이를 피해 도망치다 설녹은 빙판길에 미끄러졌다. 옷이 엉망이 된 채 우는 아이도 있었지만, 언제 그랬냐는 듯이 더러워진 털잠바 소매로 눈물을 훔치며 일어나 다시 뛰어놀았다. 눈덩이를 뭉치던 한 아이가 움직임을 멈추고 화단으로 달려갔다. 아이는 눈싸움을 벌이는 다른 아이들을 향해 소리쳤다.

"다들 여기 좀 봐! 꽃이 피었어!"

아이들이 눈싸움을 멈추고 모두 화단으로 뛰어왔다. 화단에는 개나리꽃 몇 송이가 피어 있었다. 아이들은 호기심 가득한 눈빛으로 눈을 뚫고 올라온 개나리꽃을 바라봤다.

음식물 쓰레기를 버리러 나온 엄마들도 화단으로 다가왔다. 꽃을 바라보는 아이와 엄마의 표정은 다르지 않았다. 한 아이가 자기 엄마의 음식물 쓰레기봉투를 바라보며 입을 열기 전까지는.

"엄마, 음식물 쓰레기봉투 색깔이 원래 초록색이야? 검은색 아냐?"

아이 엄마의 표정이 일그러졌다. 엄마는 아이에게 입을 다물라고 눈치를 줬지만, 아이는 다른 아이들과 엄마들을 향해 자랑스럽다는 듯한 표정을 지으며 큰 소리로 말했다.

"우리 집에서 음식물 쓰레기 버리기 담당은 저예요. 엄마가 음식물 쓰레기를 검은색 봉투에 담아 묶어주면 제가 밤에 버리러 가요."

모든 시선이 아이 엄마에게 쏠렸다. 그녀는 황급히 아이의 손을 붙잡고 아파트 현관 안으로 빠르게 발걸음을 옮겼다. 신경질적으로 엘리베이터 버튼을 누르던 그녀는 어리둥절해하는 아이의 머리를 쥐어박았다. 엘리베이터 내부엔 음식물 쓰레기를 반드시 종량제 봉투에 담아 버려달라는 관리소의 안내문이 붙어 있었다. 아이의 엄마는 다시 표정을 일그러뜨렸다.

"왜 자꾸 때려! 아프단 말이야!"

"네가 온 동네에 엄마 망신 주려고 작정했지! 너 때문에 엄마가 며칠 동안 얼굴도 못 들고 다니게 생겼어!"

"내가 뭘 잘못했는데!"

아이 엄마가 집 현관문을 열며 다시 아이의 머리를 쥐어박으려는 순간 옆집 현관문이 열렸다. 바나나 몇 송이를 담은 바구니를 든 수연이 현관문을 닫으며 아이 엄마에게 인사했다. 아이 엄마도 수연에게 인사했지만 어색한 표정을 감추지 못했다. 수연은 살짝 미소 지으며 아이 엄마에게 바구니를 건넸다.

"어제 주신 김치부침개 맛있게 잘 먹었어요. 고마운 마음에 바나나를 몇 개 챙겨왔어요. 주빈이도 잘 있었니?"

엄마의 잔소리를 듣기 전에 때맞춰 나와준 수연이 고마웠던 아이는 엄마와 수연을 번갈아 보며 장난스러운 표정을 지었다.

"겨울방학이라 만날 놀아요. 바나나 무지 맛있겠다. 밥 대신 바나나 먹어야지. 밖에 바나나랑 똑같은 색깔을 가진 개나리 꽃이 폈어요."

아이 엄마는 애써 미소 지으며 아이에게 낮은 목소리로 말했다.

"바나나 말고 밥을 먹어야 키가 크지, 으응!"

엄마의 심상치 않은 눈빛을 느낀 아이는 수연에게 인사하며 현관문을 열었다. 잠시 후 닫힌 현관문을 뚫고 아이 엄마의 잔소리가 새어 나왔다. 다시 집으로 들어가려던 수연은 개나리 꽃이 피었다던 아이의 말이 떠올라 엘리베이터로 발걸음을 옮겼다. 수연은 엘리베이터 버튼을 누르며 문득 아이 엄마의 이름이 궁금해졌다. 왜 우리나라의 모든 엄마는 자신의 이름 대신 아이의 이름으로 불리는 걸까. 수연은 오래전 사촌 오빠의 결혼식장에 갔을 때 일을 떠올렸다.

결혼식장에서 수연은 혼주로 적힌 큰아버지와 큰어머니의 이름을 읽으며 혼잣말을 했다.

"김정선, 박귀남의 차남 김수혁. 큰어머니 성함이 김정선이야, 박귀남이야."

그 말을 들은 아버지가 어이없다는 표정을 지으며 수연에게 핀잔을 줬다.

"네가 김 씨니까 당연히 큰아버지 성도 김 씨지. 안 그래?"

수연은 다시 혼주 이름을 읽으며 고개를 갸우뚱거렸다.

"김정선, 박귀남…… 그건 알아요. 그런데 저는 큰어머니 성함을 지금까지 한 번도 들어본 기억이 없어서 그래요. 오랫동안 봐온 사이인데 어떻게 한 번도 큰어머니 성함을 들어본 일이 없는지 신기해서요."

수연의 말에 일리가 있다는 듯 아버지도 고개를 끄덕였다.

"그러게 말이다. 네 말이 맞네. 나도 형수님 성함을 제대로 들어본 기억이 없어. 성이 박 씨란 사실도 낯설게 느껴진다."

수연은 오래전 기억을 접으며 엘리베이터에 올라 1층 버튼을 눌렀다. 나도 결혼하고 아이를 가진 뒤 세월이 흐르면 내 이름 세 글자를 잃게 되는 걸까. 자신의 존재를 가린 채 가족만을 바라보며 살아가는 삶이 행복한 걸까.

엘리베이터 문이 열렸다. 느린 걸음으로 아파트 현관문을 여는 나이 든 경비원의 뒷모습이 보였다. 그 모습 위로 아버지의 뒷모습이 포개졌다. 남자도 결혼 후 아이가 생기면 좋든 싫든 돈 버는 기계가 될 수밖에 없고, 은퇴 후 늙으면 집안에서 제자리를 찾지 못하고 겉도는 존재가 되지 않던가. 그렇다면 우리는 삶의 의미를 어디에서 찾아야 하는 걸까. 결국 사랑에서 삶의 의미를 찾아야 하는 게 아닐까.

수연은 짧은 시간 동안 너무 진지한 생각을 한 자신이 우스워져 피식 웃었다. 아파트 현관 바깥으로 나오자 바람이 강하게 불어왔다. 바람에 스친 수연의 볼이 붉어졌다. 수연은 빙판 위에 고인 물을 조심스레 피해 화단을 향해 걸었다.

햇살이 내려앉은 화단에서 노란색으로 빛나는 무언가가 눈길을 끌었다. 수연의 발걸음이 바빠졌다. 개나리꽃 몇 송이가 겨우내 말라붙은 갈색 가지의 겨드랑이를 비집고 솟아올라 있었다.

고작 몇 송이뿐이었지만 마음이 따뜻하게 녹아내리는 기분을 느끼며 수연은 개나리꽃의 노란 꽃잎을 조심스레 감싸 쥐었다. 꽃을 감싼 두 손이 따뜻해졌다. 어깨 위로 쏟아지는 햇살 아래 수연은 눈을 감은 채 온기를 느끼며 혼잣말을 했다.

"개나리꽃 정말 예쁘지 않니? 대단한 향기를 가지지도, 화려한 모양을 가지지도 않았지만 아무리 봐도 질리지 않거든."

살갗에 닿는 개나리 꽃잎의 촉감이 부드러웠다. 수연은 1년 전 봄 캠퍼스에서 개나리 사진을 찍던 대혁을 생각했다.

"개나리꽃은 모든 게 살아서 돌아오는 계절인 봄을 가장 먼저 알려주잖아. 세상에서 가장 아름답고 의미 있는 꽃 중 하나가 개나리꽃 아닐까? 그리고 세상에서 가장 아름다운 사람도 이런 개나리꽃을 닮지 않았을까?"

아침에 갑작스럽게 정희의 호출을 받은 성대가 약속 장소인 학교 앞 카페로 들어섰다. 먼저 도착해 기다리고 있던 정희가 어색한 미소를 지으며 성대에게 손을 흔들었다. 정희는 성대에게 아무런 이유도 말해주지 않고 다짜고짜 당장 만나야 한다고 연락을 했던 터다.

성대는 정희의 다급한 목소리가 걱정돼 이유를 묻지 않고 급히 약속 장소로 달려 나갔다.

"갑자기 무슨 일이야? 깜짝 놀랐잖아."
"각오해. 내가 지금부터 더 깜짝 놀라게 해줄 테니까."

정희는 옆자리에 뒀던 쇼핑백을 테이블에 올린 뒤 성대 쪽으로 밀었다. 성대는 당황하며 고개를 갸우뚱거렸다.

"이게 뭐야? 설마 다단계?"
"다단계는 무슨! 네게 주려고 가져온 거야. 싫으면 말고!"

정희가 뾰로통해지자 성대는 정희의 눈치를 보며 쇼핑백 안의 내용물을 확인했다. 초콜릿 선물 세트였다. 성대는 그제야 오늘이 밸런타인데이라는 사실을 깨달았다.

"동기 사랑이 대단하구나. 이런 서프라이즈한 이벤트까지 열어주고. 아무튼 고마워. 나머지 동기들에겐 언제 줄 거야?"
"네게만 주는 거야. 나 부자 아니다."

말을 마친 정희가 얼굴을 붉혔다.
성대도 예상치 못한 정희의 반응에 말문이 막혔다.

둘 사이에 잠시 어색한 침묵이 오갔다.

정희가 자리에서 일어나며 성대에게 당부했다.

"선물은 내가 간 다음 열어봐. 네 선택은 자유인데, 그래도 다음에 만날 때 나를 부끄럽게 하지는 말아줬으면 좋겠어."

정희가 얼굴을 찡그리며 종종걸음으로 카페 밖으로 빠져나갔다. 성대는 얼떨떨한 표정으로 멀어지는 정희의 모습을 바라보다가 초콜릿 상자를 열었다. 상자 속에 담긴 편지를 읽던 성대가 정희의 뒤를 쫓아 카페 밖으로 뛰었다.

은혜는 대학로의 한 카페에서 창가 자리에 앉아 형우를 기다리고 있었다. 약속한 시각이 이미 10분이나 지났다. 은혜는 옆자리에 놓인 쇼핑백과 창밖을 번갈아 바라보며 초조해했다. 그러다 마침내 바쁜 걸음으로 카페로 다가오는 형우의 모습이 보이자 은혜는 환한 표정을 지었다. 그러곤 이내 표정을 고쳤다. 카페로 들어온 형우가 머리를 긁적이며 은혜에게 미안함을 표했다.

"은혜야, 내가 좀 늦었지?"

"미안하면 앞으로 내가 먼저 와서 기다리게 하지 마. 왜 나는 늘 너를 기다려야만 해?"

"다음부터 더 신경 쓰고 조심할게."

너무 지나치게 몰아붙인 것 아닌가 하는 생각이 들어 은혜는 속으로 자신을 책망하며 형우에게 쇼핑백을 건넸다.

"첫 번째 밸런타인데이 축하해."
"뭘 이런 걸 또. 늘 네게서 받기만 하니까 민망하네."
"그러면 이제부터 민망하지 않게 잘하면 되잖아? 한 달 후 화이트데이 기대할게."
"고마워, 은혜야."

형우가 은혜 옆으로 자리를 옮겨 손을 잡자 은혜는 미소를 숨기지 못했다. 형우는 은혜의 입술 위로 부드럽게 입술을 포갰다. 은혜의 얼굴 위로 햇살이 쏟아졌다.

봄방학 첫날을 맞은 지영은 같은 반 친구인 기윤이 사는 아파트를 찾았다. 아파트 출입구 앞에서 인터폰을 누를까 말까 망설이던 지영은 때마침 밖으로 나오는 사람이 있어 문이 열리는 틈을 타 건물 안으로 들어갔다. 엘리베이터에 올라 8층 버튼을 눌렀다. 지영의 손에는 초콜릿 상자가 든 쇼핑백이 들려 있었다. 지영은 기윤의 집 대문 앞에 몰래 밸런타인데이 선물을 놓고 나올 작정이었다.

그러나 계획은 뜻대로 이뤄지지 않았다. 엘리베이터 문이 열리자마자 마침 음식물 쓰레기를 버리러 나온 기윤과 마주치고 말았다. 둘 사이에 당혹스러운 눈빛이 교차했다. 지영이 손 인사를 하며 몸을 꼬았다. 엘리베이터 문이 자동으로 닫히려고 하자 기윤이 버튼을 눌러 다시 문을 열었다.

"봄방학 첫날부터 깜놀! 여기로 이사 온 거야?"
"그건 아니고⋯⋯ 이거 받아."

지영은 기윤의 빈 왼손에 쇼핑백을 쥐여줬다. 기윤은 엉겁결에 쇼핑백을 건네받았다. 엘리베이터 문이 다시 자동으로 닫히기 시작했다. 지영은 어색하게 웃으며 기윤에게 한 번 더 손 인사를 했다. 기윤은 오른손엔 쓰레기봉투, 왼손엔 쇼핑백을 쥔 채로 사라지는 지영을 멍하니 바라봤다.

기윤은 다시 집으로 들어와 쇼핑백 안에 들어 있는 선물 상자를 꺼내 내용물을 확인했다. 상자 속에는 다양한 초콜릿과 함께 빨간 튤립 사진이 들어 있었고, 사진 뒷면에는 지영의 손 글씨가 적혀 있었다.

"빨간 튤립의 꽃말이 뭔지 아니? 이게 무슨 소리야!"

수연은 아파트 화단에 피어난 개나리꽃을 바라보며 지난 시간을 반추했다. 대혁은 사고 이후 두 달이 넘도록 의식을 회복하지 못하고 있었다. 병원에선 혼수상태에 빠져 있는 기간이 길어질수록 식물인간이 되거나 사망할 확률이 높다는 말만 되풀이할 뿐이었다. 기다림만이 수연이 할 수 있는 일이었다. 수연은 시간이 날 때마다 대혁을 찾았다. 그러면서 중환자실에 누워 있는 대혁에게 가능한 한 많은 이야기를 해줬다. 수연은 자신의 목소리가 무의식의 저편에서 홀로 방황하고 있을 대혁에게 가 닿기를 간절히 바랐다.

나흘 전, 대혁이 기나긴 방황을 멈췄다. 병원에선 기적적인 결과라고 말했지만 온전히 기뻐하기는 일렀다. 예상했던 일이지만 예후가 좋지 않았다. 혼수상태에서 회복하는 데 오랜 시간이 걸린 만큼 대혁은 실어증과 인지장애 증상을 보였다. 수연은 당장이라도 대혁을 만나고 싶었지만 예후가 좋아질 때까지 더 기다리기로 했다. 기다림은 대혁이 혼수상태에 빠져 있을 때보다 더 길게 느껴졌다.

이틀 전, 수연은 홀로 제부도를 찾았다. 거친 파도를 타고 뭍으로 불어오는 2월의 바닷바람은 가만히 서서 견디기 어려울 정도로 매서웠다. 제부도의 겨울 바다를 구경하러 온 사람들은 백사장에 오래 머물지 못하고 추위를 피해 곧 사라졌다.

수연은 추위에 옷깃을 여미면서도 백사장을 떠나지 못했다. 그렇게 한동안 바다를 응시하며 지난해 봄 동아리 엠티 때 불이 꺼져가는 캠프파이어 옆에서 오카리나를 연주하던 대혁의 모습을 추억했다.

그날 밤 수연은 홀로 모텔 방에 앉아 대혁이 준 오카리나를 두 손으로 감싸며 기도했다. 특별한 종교가 있는 건 아니었다. 지금껏 수연은 눈앞의 존재를 제쳐두고 보이지 않는 존재를 믿는다는 건 현실 도피와 다름없다고 여겨왔다. 그런데 얼마 전부터 존재 그 자체에 경이로움을 느끼기 시작했다. 존재에는 반드시 이유가 있으리라고 생각했다. 자신이 세상에 존재함은 아버지와 어머니가 있었기 때문이고, 아버지와 어머니, 할아버지와 할머니 역시 윗세대로 인해 존재할 수 있었다. 이제 수연은 시간을 거슬러 올라가면 세상의 모든 존재를 탄생시킨 절대자가 있을지도 모른다는 생각에 이르렀다. 그리고 대혁이 자신에게 어떤 의미를 가진 존재인지 기도하며 묻다가 지쳐 잠들었다.

꿈을 꿨다. 캄캄한 어둠 속에서 희미한 빛이 보였다. 수연은 그 빛을 따라갔다. 아무리 걸어도 빛은 좀처럼 가까워지지 않았다. 지쳐서 쓰러진 수연은 오열하며 대혁의 이름을 불렀다.

빛이 점점 밝아졌다. 수연은 고개를 들어 빛을 바라봤다. 빛 속에 사람의 형상을 한 그림자가 서 있었다. 수연은 그림자가 아버지의 뒷모습을 닮았다고 생각했다. 어디선가 전화벨 소리가 천둥처럼 울렸다. 빛이 한순간에 사라지고 그림자도 자취를 감췄다. 다시 어둠 속으로 빠져들던 수연은 애타게 아버지를 부르다가 잠에서 깨어났다.

수연의 잠을 깨운 건 대호의 전화였다. 수연은 떨리는 손으로 휴대폰 통화 버튼을 눌렀다. 대호는 수연에게 대혁이 일반병실로 이동했다는 소식을 전했다. 수연은 대혁이 자신을 기억하고 알아보더냐고 조심스럽게 물었다. 대호는 모처럼 웃으며 수연에게 직접 와서 확인해보라고 말했다. 수연은 전화를 끊자마자 부리나케 짐을 챙겨 모텔에서 빠져나왔다. 버스를 타고 서울로 돌아오는 내내 수연은 울면서 또 웃었다.

개나리꽃을 지나쳐 집으로 돌아온 수연은 대혁에게 줄 밸런타인데이 선물을 챙겨 들고 다시 밖으로 나와 병원으로 향했다. 거리와 지하철에서 연인들이 눈에 많이 띄었다. 선물을 받고 대혁은 어떤 반응을 보일까. 수연의 마음속에선 설렘과 기대가 수없이 교차했다.

병원 근처에서 수연은 대혁에게 빨간 튤립을 선물하려고 꽃집에 들렀다. 그러나 튤립을 파는 꽃집이 없었다. 튤립은 의외로 꽃집에서 보기 힘든 꽃이었다. 병원에서 멀리 떨어진 다른 꽃집을 찾아가더라도 튤립을 구할 수 있을지 장담할 수 없었다. 난감해하며 발길을 돌리는 수연을 붙잡고 꽃집 주인이 서랍에서 무언가를 꺼내 보여줬다.

"무슨 이유로 튤립을 찾는지 모르겠지만 환자에게 선물할 용도라면 이 물건이 더 의미 있지 않을까요?"

주인이 보여준 물건의 포장에는 빨간 튤립 사진이 인쇄돼 있었다.

"이게 뭔가요?"
"제가 얼마 전 네덜란드에 여행을 다녀왔어요. 암스테르담 국제공항 면세점에선 특이하게도 튤립 구근을 팔더라고요. 네덜란드 하면 튤립으로 유명한 나라잖아요. 그래서 몇 개 사 왔죠."

주인이 포장을 뜯어 튤립 구근을 보여줬다. 튤립 구근은 양파보다 작고 마늘보다 큰 덩어리 모양이었다. 주인은 구근을 포장에 도로 담아 수연에게 건넸다.

"가져가세요. 비싸지 않은 거니 부담스러워하지 않아도 돼요."

"아니에요! 괜찮아요!"

수연이 손사래를 치며 거절했지만 주인은 한사코 튤립 구근을 수연의 손에 쥐여줬다.

"손님이 찾는 튤립이 없는 게 미안해서 그래요. 정 부담되면 나중에 또 들러서 꽃을 팔아주면 되잖아요."

화단을 가꾸기 좋아하는 대혁에게 꽃다발보다 튤립 구근이 선물로 더 좋을지도 모르겠다고 생각한 수연은 튤립 구근을 받아 들며 주인에게 감사를 표하고 꽃집을 나왔다.

병원에 도착한 수연은 대혁이 입원한 병실 앞에서 걸음을 멈추고 창문을 통해 병실 내부를 들여다봤다. 병상에서 일어나 바깥 풍경을 바라보는 대혁의 모습이 눈에 들어왔다. 병실에 있는 환자는 대혁뿐이었다. 수연이 병실의 문을 열고 안으로 들어갔다. 인기척을 느낀 대혁이 뒤돌아보다가 수연을 확인하고 놀랐다. 수연이 쑥스럽다는 듯 어색하게 미소를 지으며 병상 가까이 다가갔다.

"놀라야 할 사람은 네가 아니라 나 아닌가 싶은데?"

대혁이 얼굴을 붉히며 시선을 내리깔았다.

수연이 대혁에게 에코백을 건넸다.

"밸런타인데이 선물이야. 그동안 내게 보내준 편지 잘 받았어. 작가님께 이야기 들었지?"

대혁의 눈시울이 붉어졌다. 수연의 눈시울도 함께 붉어졌다. 대혁이 시선을 창밖으로 돌리며 수연에게 물었다.

"내가 이상한 사람처럼 느껴지지 않아? 솔직히 징그럽지 않아?"

수연은 병상에 걸터앉으며 대혁의 손등 위에 손바닥을 올렸다.

"당연히 이상하지. 누군가가 그러더라. 그런 알아보지도 못할 편지를 보내는 사람이라면 다시 한번 생각해보라고. 그런데 말이야. 오랫동안 나를 위해 정성을 다해 달려온 사람을 어떻게 바라보지 않을 수 있어? 그게 사람이 아니라 동물이나 외계인이라도 없던 호감이 다 생기겠다. 안 그래?"

수연은 소매로 눈가에 고인 눈물을 닦으며 웃어 보였다.

"나도 편지를 썼는데 읽어보지 않을래?"

"편지?"

수연이 에코백을 가리켰다. 대혁이 에코백에서 초콜릿 상자와 튤립 구근을 꺼내자 수연은 턱으로 튤립 구근을 가리켰다.

"편지 내용은 네가 화단에서 직접 키운 다음 확인해. 빨간색인지, 노란색인지, 보라색인지."

대혁은 수연의 말에 너털웃음을 터뜨렸다. 기울어진 해가 병실 내부로 빛을 쏟아냈다. 대혁은 창가에 스미는 햇살의 온기를 얼굴로 느끼며 튤립 구근을 매만졌다.

"혼수상태에 빠져 있는 동안 종종 꿈을 꾼 듯 알 수 없는 곳을 헤맸어. 빠져나갈 곳을 찾지 못해 지쳐 있을 때 어딘가에서 네 목소리가 희미하게 들리더라."

수연이 미소 지으며 눈물을 흘렸다.

"알 수 없는 곳을 헤맬 때마다 네 목소리가 들리는 방향으로 따라 걸었더니 끝이 보였어."

대혁이 수연의 손등 위로 자신의 손바닥을 포갰다.

"수연아, 날 포기하지 않아줘서 고마워."

초등학교 6학년 여름방학, 수연이 학원 수업을 끝내고 집으로 돌아오던 길이었다. 학교 근처를 지나가다가 본관 뒤 화단 주변을 바쁘게 오가는 아이를 발견하고 호기심을 느낀 수연은 가까이 다가가 누구인지 살폈다. 같은 반 친구인 대혁이었다. 대혁은 수돗가에서 분무기에 물을 받아 화단에 골고루 뿌리며 분주하게 움직이고 있었다. 수연은 이해할 수 없다는 표정을 지으며 집으로 발걸음을 돌렸다.

화단에 물을 주던 대혁은 멀어지는 수연의 뒷모습을 보고 움직임을 멈췄다. 수연의 모습이 시야에서 완전히 사라지자 대혁은 다시 화단으로 다가갔다. 화단 곳곳에는 꽃에 관한 설명을 담은 안내판이 꽂혀 있었다. 대혁은 패랭이꽃 안내판 앞에 멈춰 섰다. 패랭이꽃 안내판에는 다른 곳과 달리 꽃말이 희미하게 적혀 있어 잘 보이지 않았다. 대혁은 주위를 살펴 아무도 없음을 확인한 뒤 주머니에서 매직펜을 꺼내 안내판에 '순결한 사랑'이란 꽃말을 적으며 활짝 웃었다.

Book OST 「꼬마를 기다리며」

작가의 말

이십대 초반에 쓴 첫 장편소설을 마흔이 돼서야 겨우 깎고 다듬었다. 오래된 청춘이 새 옷을 입고 어색하게 세상 밖으로 나간다. 그 뒷모습이 마치 오랫동안 제 밥벌이를 하지 못하다가 뒤늦게 취직한 자식의 첫 출근 같아 가슴이 뻐근해진다. 나는 이제 이런 소설을 쓸 수 없는 사람이다. 이 소설은 내가 쓴 처음이자 마지막 연애소설이 될 것이다. 세상에 내놓기에 너무 늦은 소설이 아니기를 바랄 뿐이다.

누추한 원고에 먼저 관심을 보여준 북레시피 출판사, 내 첫 번째 독자이자 충실한 조언자인 아내 박준면 배우에게 감사하다는 말을 전하고 싶다. 그리고 오래전에 이 소설을 읽고 지지해준 서경석 한양대 국문과 교수님의 격려가 없었다면, 아마 내가 지금까지 소설을 쓰는 일은 없었을지도 모른다. 내게 새로운 길을 열어준 서 교수님께 다시 한번 깊이 감사드린다.

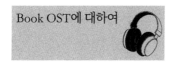

Book OST에 대하여

나는 2002년 말부터 2004년 말까지 이 소설의 초고를 썼다. 그리고 책에 함께 실린 곡들이 만들어진 때도 이 시기와 겹쳐 있다. 그렇기에 『다시, 밸런타인데이』와 Book OST는 서로 깊은 관계를 갖는다.

나의 첫사랑은 20대 내내 계속됐다. 그때 내게 가장 아름답고 소중한 것은 사랑의 마음이었다. 학창 시절부터 뮤지션을 꿈꿨던 나는 그 마음을 표현하기 위해 음악을 만들었고, 음악만으로 온전히 그 마음을 표현할 수 없어서 글을 적어나갔다. 내가 소설을 쓰게 된 계기다.

「꼬마를 기다리며」(p. 19, p. 253 수록곡)는 2000년 여름에 만든 곡으로, 이 소설의 테마곡이기도 하다. 사랑의 열병을 처음 앓는 사람이라면 누구나 그러하듯이 나 또한 첫사랑 그녀와 오랜 시간 함께하고 싶었다. 그녀는 수업을 마치면

과외를 했다. 나는 그 시간 동안 그녀가 과외하는 집 근처 초등학교 주변 벤치에 머물며 운동장 풍경을 느리게 지켜봤다. 그녀를 기다리는 동안 내 머릿속에는 멜로디가 조금씩 쌓였다. 「꼬마를 기다리며」는 그 멜로디를 모은 곡이다. 나는 이 소설을 쓰며 이 곡의 분위기를 담아내려고 노력했다. 「꼬마를 기다리며」는 2014년 내가 육지거북이라는 이름으로 발표한 앨범 〈오래된 소품〉에도 수록된 바 있으며, 도종환 시인의 시선집 『꽃잎의 말로 편지를 쓴다』(창비)의 시 낭송 음악으로도 쓰였다.

「With」(p. 122 수록곡)는 2000년 가을에 만든 곡으로, 이 소설에서 밴드 터틀스 1학년 멤버가 축제 무대에서 연주하는 바로 그 타이틀이다. 매년 가을 단과대별로 축제가 열렸고, 예나 지금이나 축제의 하이라이트는 마지막에 펼쳐지는 가요제다. 나는 그녀에게 특별한 선물을 해주고 싶어 가요제에 참가했고, 다른 참가자와 달리 자작곡을 불렀다. 내 노래 실력은 다른 참가자와 비교해 많이 처졌지만 관객 호응도는 그 어떤 무대보다 좋았다. 그 덕에 2등으로 받은 상품을 그녀에게 안겨줄 수 있었다. 지금 들으면 무척 촌스럽지만 당시 느낌을 온전히 전하고 싶어 그때 무대에서 사용했던 반주를 여기 그대로 공개한다. 소설 속에 표현된 노래 가사는 「With」의 실제 가사이기도 하다.

「창백한 푸른 점」(p. 152 수록곡)은 이 소설을 쓰던 2004년 가을에 만든 곡으로 '이별'이라는 주제를 담고 있다. 제목에서 짐작할 수 있듯이 칼 세이건의 동명 저서가 이 곡을 만드는 데 큰 영향을 줬다. 나는 세이건의 책을 읽고 엉뚱하게도 애니메이션 〈은하철도 999〉를 함께 떠올렸다. 태양계 바깥으로 떠나는 보이저 우주선의 이미지가 그 애니메이션과 겹쳐 보였기 때문이다. 나는 나만의 '창백한 푸른 점'과 〈은하철도 999〉의 주제곡을 만들어보겠다는 생각으로 이 곡의 멜로디를 쌓아나갔다. 곡의 느낌을 소설에 등장하는 장례식장 빈소 풍경에 담아내고 싶었다. 「창백한 푸른 점」은 〈오래된 소품〉 앨범에도 수록된 바 있으며 화장품 '설화수 자여진에센스' 스토리 영상 음악으로 쓰였고 제12회 서울국제청소년영화제 관객시선상과 심사위원특별언급상 수상작 단편 〈도화지〉의 영화음악으로도 소개됐다.

「눈물(流星雨)」(p. 215 수록곡) 또한 이 소설을 쓰던 2003년 겨울에 만든 곡이다. 살이 에이도록 추운 겨울날이었다. 그날 나는 밖에서 몸을 떨며 수많은 별똥별이 하늘을 가르는 모습을 지켜봤다. 별똥별은 내게 안데르센의 동화 『성냥팔이 소녀』를 소환했다. 동화는 별똥별이 죽은 자의 영혼이 떠나기 전 세상에 마지막으로 남기고 가는 빛이라고 했다. 나를 스쳐 간 누군가도 내가 모르는 사이에 별똥별처럼 희미한 흔적만 남기고 사라지지 않았을까. 순식간에 명멸하는 별똥별을 바라보며 나는 황홀함과 슬픔을 동시에 느꼈고, 그 느낌을 멜로디로 적어나갔다. 이 곡에 담긴 감정을, 소설 속에서 홀로 아무도 모르는 사랑을 하는 안타까운 친구를 묘사할 때 활용했다. 「눈물」 역시 〈오래된 소품〉 앨범에 수록되었다.

다시, 밸런타인데이

초판 1쇄 발행 · 2021년 1월 22일

지은이 · 정진영
펴낸이 · 김요안
편집 · 강희진
디자인 · 둘 스튜디오

펴낸곳 · 북레시피
주소 · 서울시 마포구 신수로 59-1
전화 · 02-716-1228
팩스 · 02-6442-9684
이메일 · bookrecipe2015@naver.com / esop98@hanmail.net
홈페이지 · www.bookrecipe.co.kr / https://bookrecipe.modoo.at/
등록 · 2015년 4월 24일(제2015-000141호)
창립 · 2015년 9월 9일

ISBN 979-11-90489-27-0 03810

종이 · 화인페이퍼 | 인쇄 · 삼신문화사 | 후가공 · 금성LSM | 제본 · 신안제책